U0095483

教育部文科计算机基础教学指导委员会立项教材
Computer Arts Based On The Ministry Of Education Steering Committee Of Project Teaching Materials

高等学校计算机专业教材精选·图形图像与多媒体技术

数字媒体技术

贺雪晨 等编著

清华大学出版社
北京

内 容 简 介

本书以培养应用型人才为目标,着重介绍数字媒体技术的基础与应用方法。

通过"2010 年上海世博会多媒体电子杂志"和"雅思词汇测试系统"等案例的介绍,使读者了解数字媒体项目开发的过程;掌握使用 Photoshop CS4、Flash CS4、Soundbooth CS4、After Effects CS4、Windows Movie Maker、美图秀秀、Authorware 等软件对图像、动画、声音、视频等数字媒体元素进行处理和集成的方法;了解 P2P、Real 流媒体、Windows Media 流媒体的数字媒体传输技术和数字媒体的存储、检索、保护技术。

本书可作为高等院校相关专业"数字媒体技术"课程的教材或教学参考书,也可供从事数字媒体技术研究、开发和应用的从业人员学习参考。

在上海市精品课程网站中提供了教学所需的各种资源,实现了纸质教材、电子教材和网络教材的有机结合,可以供读者参考。

图书在版编目(CIP)数据

数字媒体技术/贺雪晨等编著. —北京: 清华大学出版社,2011.4
(高等学校计算机专业教材精选·图形图像与多媒体技术)
ISBN 978-7-302-23866-9

Ⅰ.①数…　Ⅱ.①贺…　Ⅲ.①数字技术:多媒体技术-高等学校-教材　Ⅳ.①TP37

中国版本图书馆 CIP 数据核字(2010)第 181297 号

责任编辑:汪汉友　李　晔
责任校对:时翠兰
责任印制:王秀菊

出版发行:清华大学出版社　　　　　　　　地　　址:北京清华大学学研大厦 A 座
　　　　　http://www.tup.com.cn　　　　　邮　　编:100084
　　社　　总　　机:010-62770175　　　　邮　　购:010-62786544
　　投稿与读者服务:010-62795954,jsjjc@tup.tsinghua.edu.cn
　　质　量　反　馈:010-62772015,zhiliang@tup.tsinghua.edu.cn
印　刷　者:北京鑫丰华彩印有限公司
装　订　者:三河市金元印装有限公司
经　　销:全国新华书店
开　　本:185×260　　印　张:12.5　　　　字　　数:300 千字
版　　次:2011 年 4 月第 1 版　　　　　　印　　次:2011 年 4 月第 1 次印刷
印　　数:1~4000
定　　价:39.00 元

产品编号:035195-01

出 版 说 明

我国高等学校计算机教育近年来迅猛发展,应用所学计算机知识解决实际问题已经成为当代大学生的必备能力。

时代的进步与社会的发展对高等学校计算机教育的质量提出了更高、更新的要求。现在,很多高等学校都在积极探索符合自身特点的教学模式,涌现出一大批非常优秀的精品课程。

为了适应社会的需求,满足计算机教育的发展需要,清华大学出版社在进行了大量调查研究的基础上,组织编写了《高等学校计算机专业教材精选》。本套教材从全国各高校的优秀计算机教材中精挑细选了一批很有代表性且特色鲜明的计算机精品教材,把作者对各自所授计算机课程的独特理解和先进经验推荐给全国师生。

本系列教材特点如下。

(1) 编写目的明确。本套教材主要面向广大高校的计算机专业学生,使学生通过本套教材学习计算机科学与技术方面的基本理论和基本知识,接受应用计算机解决实际问题的基本训练。

(2) 注重编写理念。本套教材的作者群为各高校相应课程的主讲,有一定经验积累,且编写思路清晰,有独特的教学思路和指导思想,其教学经验具有推广价值。本套教材中不乏各类精品课配套教材,并力图把不同学校的教学特点反映到每本教材中。

(3) 理论知识与实践相结合。本套教材贯彻"从实践中来到实践中去"的原则,书中许多必须掌握的理论都将结合实例来讲,同时注重培养学生分析问题、解决问题的能力,满足社会用人要求。

(4) 易教易用,合理适当。本套教材编写时注意结合教学实际的课时数,把握教材的篇幅。同时,对一些知识点按教育部教学指导委员会的最新精神进行合理取舍与难易控制。

(5) 注重教材的立体化配套。大多数教材都将配套教师用课件、习题及其解答,学生上机实验指导、教学网站等辅助教学资源,方便教学。

随着本套教材陆续出版,我们相信它能够得到广大读者的认可和支持,为我国计算机教材建设及计算机教学水平的提高,为计算机教育事业的发展做出应有的贡献。

清华大学出版社

前　言

数字媒体是信息科学与媒体文化相结合的产物,是近年来新兴的一门学科,数字媒体内容处理技术也被列入了我国信息产业的优选主题和上海市政府的支柱产业。本书全面系统地论述了数字媒体技术所涉及的研究内容、关键技术、应用领域和发展趋势,以培养应用型人才为目标,加大新知识、新技术的介绍。在内容阐述上循序渐进,富有启发性,使学生能够掌握基本理论、知识和技能,力求做到深入浅出。编写时以理论知识够用为前提,重点加强应用技能的培养,尽力做到通俗易懂,易教易学,使学生的知识、能力、素质协调发展,通过实践深化对理论的理解。

本书不仅可作为高等院校各相关专业“数字媒体技术”课程的教材或教学参考书,也可供在数字媒体产业领域中从事数字媒体技术研究、开发和应用的工程技术人员以及数字媒体产业的从业人员学习参考。

第 1 章介绍数字媒体技术的基本概念和主要应用领域。

第 2 章介绍静态图像和动态图像的基本概念,通过实例介绍如何使用 Photoshop CS4 实现图像修复、合成、特效和 GIF 动画制作,如何使用美图秀秀对照片进行后期处理,以及如何使用 Flash CS4 实现补间动画和 3D 动画。

第 3 章介绍数字音频的基本概念,通过实例介绍如何实现语音合成和语音识别,如何使用 Soundbooth CS4 实现音频文件的淡入淡出、去除噪音、调整语速、音量匹配、特效处理和多路音频合成。

第 4 章介绍数字视频的基本概念,通过实例介绍如何使用 Windows Movie Maker 实现数字视频的简单编辑,如何使用 After Effects CS4 对素材进行修改层属性、关键帧动画、添加特效、层模式混合、添加文字、新建合成、渲染输出等操作,实现数字视频的编辑。

第 5 章介绍 P2P、流媒体等数字媒体传输技术,通过实例介绍 Real 流媒体和 Windows Media 流媒体的生成、编辑、播放与发布。

第 6 章介绍基于文件系统和多媒体数据库的数字媒体存储与检索,通过实例介绍基于加密认证和数字水印的数字媒体保护技术。

第 7 章通过“2010 年上海世博会多媒体电子杂志”和“雅思词汇测试系统”两个实例介绍如何使用数字媒体创作工具对数字媒体进行集成与交互,制作数字媒体作品。

作者的上海市精品课程网站(http://jpkc. shiep. edu. cn/? courseid=20085401)提供教材配套素材、电子教案、视频课件等教学配套资源,作者的 Blog 网站(http://hein. blogcn. com 或 http://blog. sina. com. cn/heinhe)可以随时与师生进行信息交流。

由于数字媒体技术发展非常迅速,同时作者水平有限,不足之处,敬请广大师生批评指正。

作　者
2011 年 1 月

目　　录

第1章 数字媒体技术概述

 学习目标

本章将重点介绍数字媒体技术的基本概念和主要应用领域。
- 基本概念包括感觉媒体、表示媒体、实物媒体的定义和数字媒体的交互性、集成性等基本特性。
- 主要应用领域包括数字广播产业、数字影视应用产业、数字游戏产业、计算机动画产业、数字学习产业和数字出版产业。

在人类社会中,信息的表现形式是多种多样的,这些表现形式称为媒体。用计算机存储、处理和传播的信息媒体为数字媒体,数字媒体包含文字、音频、图像、动画和视频等各种形式。

数字媒体是以信息科学和数字技术为基础,以大众传播理论为依据,以现代艺术为指导,将信息传播技术应用到文化、艺术、商业、教育和管理领域的科学与艺术高度融合的综合交叉学科。

1.1 数字媒体技术基本概念

数字媒体技术是实现数字媒体的表示、记录、处理、存储、传输、显示、管理等各个环节的软硬件技术,一般分为数字媒体表示技术、数字媒体创建技术、数字媒体压缩技术、数字媒体存储技术、数字媒体传输技术、数字媒体管理技术和数字媒体保护技术等。

1.1.1 数字媒体分类

通常意义下的数字媒体是指数字化的图像、声音、视频等感觉媒体。数字媒体一般分为感觉媒体,表示这些感觉媒体的表示媒体(逻辑媒体),以及显示、存储、传输逻辑媒体的实物媒体等。

1. 感觉媒体

感觉媒体是指能够直接作用于人的感觉器官,使人产生直接感觉(视、听、嗅、味、触觉)的媒体,如语言、音乐、各种图像、图形、动画和文本等。图 1-1 所示是世界上最大的电影银幕——2010 年上海世博会中沙特馆的 1600m² 的 360°三维影院,它带给人们叹为观止的视觉和听觉享受。观众时而恍若鸟瞰城市,脚下是熙熙攘攘的人群,头顶是明亮的天空;时而如潜入水中,身边穿梭着五颜六色的游鱼;几段计算机制作的动画,又让观众仿佛置身万花筒中,颜色形状瞬息万变的几何图形,最终化作宇宙星辰。

2. 表示媒体

表示媒体是指为了传送感觉媒体而人为研究出来的媒体,借助这一媒体可以更加有效

图 1-1 360°三维影院

地存储感觉媒体,或者是将感觉媒体从一个地方传送到远处另外一个地方。表示媒体包括语言编码、电报码、条形码、静止和活动图像编码以及文本编码等。图 1-2 所示是由普渡大学 2010 年 3 月出版的二维条形码纸质图书《Around the world in 80 days》,通过手机读取书中的二维码,可以访问相关地图、音频和视频,浏览和撰写评论。

(a) 扫描二维码   (b) 访问相应地图

图 1-2 二维码图书

3. 显示媒体

显示媒体是指显示感觉媒体的设备。显示媒体又分为两类:一类是输入显示媒体,如话筒、摄像机、光笔、键盘等;另一类为输出显示媒体,如扬声器、显示器以及打印机等。图 1-3 所示是 2010 年上海世博会 LED 显示效果。

4. 存储媒体

存储媒体用于存储表示媒体,即存放感觉媒体数字化后的代码的媒体,如磁盘、光盘、磁带和纸张等。简而言之,存储媒体是指用于存放某种媒体的载体。

5. 传输媒体

传输媒体是指传输信号的物理载体,例如同轴电缆、光纤、双绞线和电磁波等。

1.1.2 数字媒体特性

数字媒体具有数字化、交互性、趣味性和集成性等特性。

1. 数字化

过去我们熟悉的媒体几乎都是以模拟的方式进行存储和传播的,而数字媒体却是以二

图 1-3　LED 显示效果

进制位的形式通过计算机进行存储、处理和传播。

2. 交互性

具有计算机的"人机交互"作用是数字媒体的一个显著特点。信息表示的多样化和如何通过多种输入输出设备与计算机进行交互是人机交互技术的重要内容,包括基于视线跟踪、语音识别、手势输入和感觉反馈等新的交互技术。图 1-4 所示是在 2010 年微软技术节(TechFest 2010)上展示的新型交互设备——云鼠标。

图 1-4　云鼠标

在传统的大众传播中,智慧存在于信息的发出端,大量的信息推向(pushing)受众,后者被动接收。在数字世界里,信息按二进制位存放在计算机硬盘或光盘中,由受众去拉出(pulling)其需要的信息。所有的数字媒体包含互动的功能,智慧可以存在于信源和信宿两端,受众变被动接收为主动参与。

在数字媒体传播中,传播者与受众之间能进行实时的通信和交换。这种实时的互动性首先使反馈变得轻而易举,同时信源和信宿的角色可以随时改变。数字化传播中点对点和点对面传播模式的共存,既可以使大众传播的覆盖面越来越大,也可以越来越小,直至个人化传播。

3. 趣味性

因特网、IPTV、数字游戏、数字电视和移动流媒体等为人们提供了广阔的娱乐空间,媒体的趣味性被充分体现出来,可以实现技术与人文艺术的融合。

4. 集成性

数字媒体系统能够综合处理文、图、声、像等多种信息,适合人类交换信息的媒体多样化特性,是更加贴近人类观念的传播媒体。集成性不是意味着简单地把多种媒体混合叠加起来,而是把它们有机地结合、加工、处理并根据传播要求相互转换,从而达到"整体大于各孤立部分之和"的效果。

注意

- ◆ 集成性和交互性是数字媒体技术最关键的两个特性。
- ◆ 集成性将不同类型的媒体有机地结合在一起,实现了 1+1>2 的功能。
- ◆ 交互性使人可以按照自己的思维习惯和意愿主动地选择和接收信息。

1.1.3 数字媒体技术研究领域

数字媒体涉及的技术范围广泛,研究内容丰富,是多种学科和多种技术交叉的领域,主要包括以下几个方面。

1. 数字媒体表示与创建技术

包括数字图像及处理、数字声音及处理、数字视频及处理等。

2. 数字媒体压缩与存储技术

包括通用压缩码技术、专用压缩码技术等。

3. 数字媒体传输技术

包括流媒体技术、P2P 技术等。

4. 数字媒体管理与保护技术

包括数字媒体信息检索、数字媒体版权保护等。

注意

以上内容将在后续章节中详细介绍。

1.2 数字媒体技术应用

随着计算机技术、通信技术和数字广播等技术不断发展,以因特网、无线通信为传播载体,以传统媒体内容与创新内容模式为核心的数字媒体产业在全球范围内快速崛起,并正在改变着人们的信息获取方式和休闲娱乐的形式。其产业涵盖信息服务、传播、广告、通信、电子娱乐、动画、网络教育和出版等多个领域。

数字媒体产业成为继 IT 产业后的又一个经济增长点。一方面,数字媒体产业与其他关联产业在更深、更广的程度上融合,如会展展示、影视作品和娱乐游戏等,都可以看到大量与艺术设计、影视传播、工业设计、信息技术、光电材料和机械电子等产业领域结合的成果;

另一方面,数字媒体产业本身也是现代服务业的重要组成部分,低消耗、低污染、高就业等特点非常符合现代"绿色"概念和可持续发展的要求。

由于数字媒体产业的发展在某种程度上体现了一个国家在信息服务、传统产业升级换代及前沿信息技术研究和集成创新方面的实力和产业水平,因此数字媒体在世界各地得到了政府的高度重视,各主要国家和地区纷纷制定了支持数字媒体发展的相关政策和发展规划。美、日等国都把大力推进数字媒体技术和产业作为经济持续发展的重要战略,日本是世界上数字媒体产业最发达的国家之一,数字媒体产业的产值已经超过钢铁制造业等传统产业,成为日本目前三大经济支柱产业之一。

当前,我国数字媒体技术、应用及产业发展极为迅猛,已成为信息产业发展的亮点,前景十分广阔。

2005 年,科技部批准在北京、上海、湖南长沙和四川成都组建 4 个国家级数字媒体技术产业化基地,并发布了《2005 中国数字媒体技术发展白皮书》。国务院 2006 年 2 月 9 日发布的《国家中长期科学和技术发展规划纲要(2006－2020 年)》也把"数字媒体的内容平台"列为重点领域。

上海作为国家数字媒体技术产业化基地,数字媒体已成为建设上海"创意之都"的产业基础,是上海未来新产业的重要增长点。以影视动漫和数字游戏为代表的上海数字媒体产业已初具规模,产业链逐渐清晰,已经具备了加速发展的基本条件。

从 2003 年到 2008 年间,上海数字媒体产业值从 200 亿元增加到 600 亿元左右,企业数量由 3305 家增加到 10 959 家。2008 年,在金融危机的影响下,全球经济整体下滑,而上海数字媒体产业产值呈持续性增长,数字动漫、数字影音、展览展示和数字出版等领域发展势头良好。2008 年,上海数字媒体产业资产总额近 1800 亿元,与 2007 年相比增长率达 28%;实现总营业额 600 多亿元,年增长率达 7.8%。

数字媒体技术应用主要体现在数字广播产业、数字影视产业、数字游戏产业、计算机动画产业、数字学习产业和数字出版产业中。在 2010 年,数字媒体产业将会成为我国信息产业的重要支柱之一。

1. 数字广播产业

数字广播产业包括数字电视、数字广播、短信、音乐、新闻和移动多媒体电视服务等。图 1-5 所示的互动数字电视具有电视回看、电视点播、电视录制、家庭金融、电视游戏、电视卡拉 OK 和互动电视教育等功能。

当前,世界广播电视从模拟向数字全面转换。依托数字技术而发展起来的数字移动广播电视、手机电视、IPTV、卫星广播电视、数字多媒体广播(DMB)、DVB-H 等新媒体所提供的新业务,迅速成为数字媒体技术学科研究的热点。

数字广播技术不仅能为听众提供可与 CD 音质媲美的高质量广播,而且还可以传输与广播节目相关的图文信息,或非节目形式的数据信息,如金融、天气甚至分类广告,如图 1-6 所示。听众可以实现与节目的互动,如参与益智游戏节目,点播新闻或天气预报,选择语言等,甚至可以即时把某一首歌录制成 MP3 文件并接入相联的站点。

2. 数字影视产业

数字影视产业包括数字电影、数字音乐、数字 KTV、互动的数字节目等。

图 1-5　互动数字电视　　　　　　　　　　图 1-6　数字广播收音机

　　数字影视节目制作一般包括三部分：三维动画制作及处理、后期合成与效果、非线性编辑。图 1-7 所示的非线性编辑系统的关键技术为少数几家国外公司所拥有，如 Discreet、Avid 和 Apple 等。

图 1-7　非线性编辑系统

3. 数字游戏产业

　　数字游戏产业包括网络游戏、计算机游戏、家用游戏机游戏、大型游戏机游戏和掌上游戏机游戏等。

　　网络游戏的研究主要集中在 3D 游戏引擎、游戏角色与场景的实时绘制、网络游戏的动态负载平衡、人工智能、网络协同与接口等方面，如图 1-8 所示。除了继续追求真实的效果外，主要朝着两个不同的方向发展：一是通过融入更多的叙事成分、角色扮演成分以及加强人工智能来提高游戏的可玩性；二是朝着大规模网络模式发展，进一步拓展到移动网和无线宽带网。

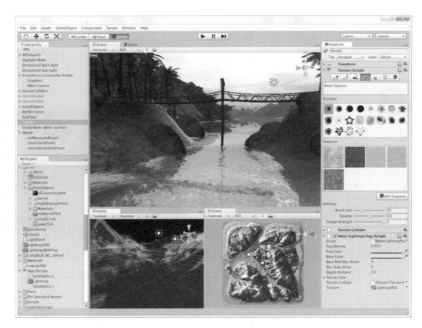

图 1-8　3D 游戏引擎

4. 计算机动画产业

计算机动画产业包括用于影视、游戏、网络等娱乐方面的应用和用于建筑、工业设计等工商业方面的应用。

数字动画的研究主要集中在三维人物行为模拟、三维场景的敏捷建模、各种动画特效和变形手法的模拟、快速的运动获取和运动合成、艺术绘制技法的模拟等，如图 1-9 所示。

图 1-9　三维场景

5. 数字学习产业

数字学习是指通过 Internet 或其他数字化内容进行教与学的活动，它充分利用现代信息技术所提供的具有全新沟通机制和丰富资源的学习环境，实现一种全新的学习方式，正在成为当今校园内一种崭新的、不可或缺的教育模式。图 1-10(a)所示的"大口啃英语"软件，通过逆向训练法听写文章或句子，高效率地提高听力、阅读以及单词拼写的能力；而由 Intel 倡导的"一对一数字化学习"，每个学生在拥有数字化计算设备的基础上，可以随时随地进行个性化学习，如图 1-10(b)所示。

(a) "大口啃英语"逆向训练   (b) 计算机辅助高效英语训练

图 1-10　数字学习

6. 数字出版产业

数字出版是建立在计算机技术、通信技术、网络技术和流媒体技术等高新技术基础上，融合传统出版内容而发展起来的新兴出版产业。

数字出版涉及版权、发行、支付平台和最后具体的服务模式，它不仅仅指直接在网上编辑出版内容，也不仅仅指把传统印刷版的东西数字化，真正的数字出版是依托传统的资源，用数字化这样一个工具进行立体化传播的方式。

数字出版产业发展的覆盖范围与我们每个人的工作、生活息息相关，例如 CD、VCD、DVD、电子书、网络、MP3 以及通过手机下载彩铃、彩信、图书图片等。只要使用二进制技术手段对出版的整个环节进行操作，都属于数字出版的范畴，其中包括原创作品的数字化、编辑加工的数字化、印刷复制的数字化、发行销售数字化和阅读消费数字化等。

2010 年 6 月 Adobe 新推出了数字出版平台，集成了 Adobe 的 InDesign CS5 创意出版工具。它的第一款数字杂志作品是在苹果 iPad 平台上的《Wired》连线杂志，如图 1-11 所示。

图 1-11　基于 Adobe 数字出版平台的第一款作品《Wired》

习 题 1

一、填空题

1. 用计算机存储、处理和传播的信息媒体为 _____，包含 _____、_____、_____、_____、_____等各种形式。

2. 数字媒体技术是实现数字媒体的 _____、_____、_____、_____、_____、_____、_____等各个环节的软硬件技术，一般分为数字媒体_____技术、数字媒体_____技术、数字媒体_____技术、数字媒体_____技术、数字媒体_____技术、数字媒体_____技术和数字媒体_____技术等。

3. 数字媒体一般分为_____媒体，表示它们的表示媒体（逻辑媒体），以及_____、_____、_____逻辑媒体的_____媒体等。

4. 数字媒体具有_____、_____、_____、_____等特性。

5. 数字媒体技术应用主要体现在 _____产业、_____产业、_____产业、_____产业、_____产业、_____产业中。

二、简答题

1. 简述感觉媒体、表示媒体、显示媒体、存储媒体和传输媒体的基本概念。

2. 简述数字媒体的交互特性。

第2章　数字图像技术

 学习目标

本章将重点介绍静态图像和动态图像的基本概念及其处理技术。

- 静态图像中矢量图与位图的概念,动态图像中动画与视频的概念。
- 图像压缩的目的与方法。
- 常见的图像文件格式。
- 常见的数字图像处理软件。
- 使用 Photoshop CS4 实现图像修复、合成、特效以及 GIF 动画制作。
- 使用美图秀秀对照片进行后期处理。
- 使用 Flash CS4 实现补间动画和 3D 动画效果。

由于数字技术的不断发展,现实生活中的许多信息都可以用数字形式的数据进行处理和存储,数字图像就是这种以数字形式进行存储和处理的图像。随着 DC 的普及,数字图像已经成为人们日常生活中的一部分。数字图像最大的优势在于处理数字图像软件日新月异的发展,能够帮助人们更方便、更快捷地处理数字图像。

2.1　数字图像基本概念

数字图像包括静态图像和动态图像,静态图像包括矢量图与位图,动态图像包括动画与视频。

2.1.1　静态图像

矢量图是用一系列计算机指令来表示一幅图像,如画点、直线、曲线、圆和矩形等。这种方法实际上是用数学方法来描述一幅图像,放大时不会失真,如使用 CorelDraw 绘制的图像。

位图由像素组成,当位图被放大数倍后,会发现连续的色调其实是由许多色彩相近的小方点所组成,这些小方点就是构成位图图像的最小单位"像素",因此放大时会出现马赛克现象,如使用 Windows 画图软件绘制的图像。

矢量图与位图的区别如图 2-1 所示。

举一个简单的例子:假设画一个 3cm 边长的正方形,用位图的方法来表达需要画 50 个小点,矢量的方法用数学公式 3×3(cm)表达;如果将要求改成画 300cm 边长的正方形,同样用位图的方法需要画 500 000 个小点,而矢量的方法只需要将数学公式改成 300×300(cm)就可以了。虽然只是一个简单的比喻(实际决非如此简单),但从这两种表达方式的比较中不难看出,矢量图形具有所需信息量小,表达准确的特点,所以特别适合在网络环境下使用。

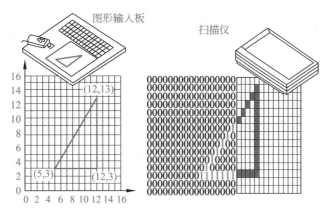

图 2-1 矢量图与位图

矢量图虽然体积小、画面表达准确,但由于其本身的特性,决定了它只适合用来表达一些几何形状的信息。对于照片等层次丰富、细节复杂的画面,矢量图除了增加文件大小、降低图像效果外,丝毫不能体现出其优势,而这正是位图图像所擅长的。

💬注意

◆ 可以将矢量图看做是日常生活中的剪贴画,而将位图图像看做是照片。
◆ 两者优势互补,合理地进行选择,就能在基本保证视觉效果的前提下,最大限度减少多媒体文件的大小。

2.1.2 动态图像

动态图像是连续渐变的静态图像序列沿着时间轴依次更换显示,从而构成运动视觉的媒体。当序列中每帧图像是由人工或计算机产生时,常称为动画;当序列中每帧图像是通过实时摄取自然景象或活动对象产生时,常称为影像视频,简称为视频。

因为人的眼睛具有一种称为"视觉残留"的生物现象,当一个场景从人眼中消失后,该场景在视网膜上不会立即消失,能足够长时间地保留图像,使大脑以连续的序列把图像帧连接起来,所以能够产生运动的错觉。

以每秒 15～20 帧的速度顺序播放静止图像就产生了动画,网站上最常见的动画有位图 GIF 动画和矢量 FLASH 动画(SWF 文件)。

💬注意

计算机动画的原理与传统动画基本相同,只是在传统动画的基础上把计算机技术用于动画的处理和应用可以达到传统动画所达不到的效果。

从制作角度看,计算机动画可以相对较简单,如一行字幕从屏幕的左边移入,然后从屏幕的右边移出,这一功能通过简单的编程就能实现。计算机动画也可以相当复杂,如"侏罗纪公园"的制作,需要大量专业计算机软硬件的支持。

从艺术角度看,动画的创作是一种艺术实践,动画的编剧、角色造型、构图和色彩等的设计需要高素质的美术专业人员才能较好地完成。因此,计算机动画制作是一种高技术、高智力和高艺术的创造性工作。

💬 **注意**

◆ 根据视觉空间的不同,计算机动画分为二维动画与三维动画。

◆ 二维与三维动画的区别主要在于采用不同的方法获得动画中的景物运动效果,如果说二维动画对应于传统卡通片的话,三维动画则对应于木偶动画。

二维动画是平面动画,无论画面的立体感有多强,终究只是在二维空间上模拟真实的三维空间效果。三维动画的对象不是简单地由外部输入,而是根据三维数据在计算机内部生成的,运动轨迹和动作的设计也是在三维空间中考虑的。一个真正的三维动画,画中的景物既有正面,也有侧面和反面,调整三维空间的视点能够看到不同的内容。二维动画则不然,无论怎么看,画面的深度是不变的。

2.2   数字图像压缩技术

通常使用分辨率、像素深度等图像属性来描述一幅位图图像。

图像分辨率是指组成一幅图像的像素密度的度量方法。对同样大小的一幅图像,像素数目越多,图像的分辨率越高,看起来就越逼真。

像素深度是指存储每个像素所用的位数,决定彩色图像的每个像素可能有的颜色数。例如,一幅彩色图像的每个像素用 R、G、B 三个分量表示,若每个分量用 8 位,那么一个像素共用 24 位表示,即像素的深度为 24,每个像素可以是 $2^{24}=16\ 777\ 216$ 种颜色中的一种。其颜色数已超出人眼所能识别的范围,称为真彩色。

💬 **注意**

一幅图像中的像素越多,像素深度越大,则数字图像的数据量就越大,当然这幅图像的效果也就越贴近真实。

一幅没有经过压缩的数字图像的数据量大小可以按照下面的公式进行估计:

图像的数据量大小＝图像中的像素总数×像素深度/8

所以,一幅 800×600 像素的真彩色图像(24 位像素深度)保存在计算机中占用的空间大约为 1.4MB。

从上面的计算中可以看到,图像数字化之后的数据量非常大,在磁盘上存储时占很大的空间,在 Internet 上传输时很费时间,因此必须对图像数据进行压缩。压缩的目的就是要满足存储容量和传输带宽的要求,而付出的代价是大量的计算。

图像压缩的目的就是把原来较大的图像用尽量少的字节表示和传输,并且要求复原图像有较好的质量。利用图像压缩,可以减轻图像存储和传输的负担,使图像在网络上实现快速传输和实时处理。

由于图像数据中有许多重复的数据,因此使用数学方法来表示这些重复数据就可以减少数据量。这种压缩技术称为无损压缩技术,一般可以把普通文件的数据压缩到原来的

1/2～1/4,且还原后的数据与原来的数据完全相同。磁盘文件的压缩就是无损压缩的典型例子。

由于人的眼睛对图像细节和颜色的辨认有一个极限,把超过极限的部分去掉,就可以达到压缩数据的目的。这种压缩技术称为有损压缩技术。因为超过极限的部分所包含的数据往往多于人的视觉系统所能接收的信息,所以丢掉这些数据不会对图像所表达的意思产生误解,且可以大大提高压缩比。

> 注意
> ◆ 实际的图像压缩是综合使用各种有损和无损压缩技术实现的。
> ◆ 采用不同方法对原始图像进行处理,就形成了不同的图像格式,如 BMP、GIF、JPEG 和 PNG 等。

1. BMP 文件格式

Windows 画图软件使用的格式,在 Windows 环境下运行的所有图像处理软件都支持这种格式,是 PC 上最常用的位图格式。

2. GIF 文件格式

支持动画图像,可以在一个文件中存放多幅彩色图像,可以像幻灯片那样显示或者像动画那样演示。支持 256 色,对真彩色图像进行有损压缩,是 Internet 上几乎所有 Web 浏览器都支持的图像文件格式。

3. JPEG 文件格式

采用先进的有损压缩算法,压缩时具有较好的图像保真度和较高的压缩比。对于同一幅图像,JPEG 格式存储的文件是其他类型文件的 1/10～1/20,而且色彩数最高可达到 24 位,在网络上被广泛使用。

4. PNG 文件格式

无损压缩位图格式,结合了 GIF 和 JPEG 两者的优点,被设计用于代替 GIF 格式。由于采用无损压缩方法减小了文件大小,显示速度快,因此只需下载 1/64 的图像信息就可以显示出低分辨率的预览图像。

2.3　数字图像处理技术

数字图像处理技术把来自照相机、摄像机、传真扫描装置、医用 CT 机和 X 光机等的图像,经过数学变换后得到数字图像信息,再由计算机进行编码、增强、复原、压缩和存储等处理,最后产生可视图像。

目前数字图像处理技术在高清晰度电视(HDTV)、商业电子化、可视电话、数字媒体处理和医用图像处理等领域应用得十分广泛。

> 注意
> 在数字媒体技术中,数字图像处理技术起着关键性的作用。

专业级的图像处理软件 Photoshop 是 Adobe 公司旗下最为出名的图像处理软件之一,

是迄今为止世界上最畅销的图像编辑软件,已成为许多涉及图像处理行业的标准,让无数平淡无奇的图片重新焕发了魅力。

光影魔术手是老牌的对数码照片画质进行改善及效果处理的软件,简单易用,具有强大的图片处理功能和几近专业的处理效果,是摄影作品后期处理、图片快速美容、数码照片冲印整理时的优秀助手。

美图秀秀是新崛起的照片处理软件,以制作个性化照片为特色,可以在短时间内制作出非主流图片、非主流闪图、QQ 头像、QQ 空间图片。该软件的操作相对于光影魔术手、Photoshop 更简单,其最大的功能是一键式打造各种影楼、艺术照、人像美容、个性边框场景设计、非主流炫酷、个性照随意处理等。

专业级三维动画制作软件有 Softimage、Maya 和 3DS MAX。图 2-2 所示的"侏罗纪公园"里身手敏捷的速龙以及"闪电悍将"里闪电侠飘荡的斗篷都是由 Softimage 完成的。

图 2-2   速龙

用于商业动画的二维动画软件包括 Animo、USAnimation 和 RETAS。Animo 是世界上最受欢迎、使用最广泛的系统之一,动画片"小倩"、"空中大灌篮"、"埃及王子"等都是应用Animo 的成功典例。

网页动画制作软件主要包括 Adobe 的 Flash 和 Ulead 的 GIF Animator。Flash 提供透明技术和物体变形技术,使创建复杂的动画更加容易,为 Web 动画设计者的丰富想象提供了实现手段;其交互设计赋予用户更多的主动权,用户可随心所欲地控制动画;Flash 还通过使用矢量图形和流式播放技术克服了目前网络传输速度慢的缺点。

2.4   图像处理软件 Photoshop CS4

Photoshop 是目前 PC 上公认最好的通用平面美术设计软件,它的功能完善,性能稳定,使用方便。在几乎所有的广告、出版、软件公司中,Photoshop 都是首选的平面工具。通过图层、滤镜、通道、蒙版和路径等,可以实现图像绘制、修复、合成和特效等各项功能。使用Photoshop 处理图像,灵活直观,所见即所得。

2.4.1   图像修复

图像修复包括对有污点的图像进行修补、对多余的场景进行裁剪、对闪光灯打在视网膜上反光引起的"红眼"进行去除等操作。

【例 2-1】　修复有污点的老照片。

（1）打开"老照片.jpg"文件，如图 2-3 所示。

（2）在工具箱中选择图 2-4 所示的"污点修复画笔工具"，在图 2-5 所示的选项工具条中选择合适大小的画笔。在需要修复的污点处单击鼠标，即可修复老照片中的污点。

图 2-3　老照片

图 2-4　污点修复画笔工具

图 2-5　选项工具条

【例 2-2】　裁剪多余场景。

（1）打开"悉尼歌剧院.jpg"文件，其右侧有多余的场景，如图 2-6 所示。

图 2-6　有多余场景的画面

（2）在工具箱中选择"裁剪"工具 ，从图像的左上角开始拖动鼠标到右下角，建立与图像同样大小的裁剪框。

（3）用鼠标将裁剪框右边的裁剪点向左移动到适当位置，如图2-7所示。

（4）按Enter键确定裁剪，裁剪后的图像去除了多余的场景。

【例2-3】 去除红眼。

（1）打开具有红眼的"袋鼠.jpg"文件，如图2-8所示。

图2-7　裁剪多余场景

图2-8　具有红眼的照片

（2）选择工具箱中的"红眼"工具 ，在选项栏中将"瞳孔大小"和"变暗量"参数分别设置为50%。

🐟 注意

　　"瞳孔大小"用来设置瞳孔中心的大小，"变暗量"用来设置瞳孔的暗度。

（3）将鼠标移到图像中的红眼区域，单击鼠标即可消除红眼。

2.4.2　图像合成

图像合成通常通过图层实现，图层是Photoshop最重要的组成部分。

究竟什么是图层？它有什么作用呢？

当在纸上画人脸时，一般先画脸庞，再画眼睛、鼻子和嘴巴。如果画完后发现眼睛的位置有偏差，只能把眼睛擦除后重新再画，并且还要对脸庞作一些相应的修补。

如果不直接画在纸上，而是先在纸上铺一层透明的塑料薄膜，把脸庞画在这张透明薄膜上，画完后再铺一层薄膜画眼睛，再铺一层画鼻子。将脸庞、鼻子、眼睛分别画在三个透明薄膜层上，最后组成的效果与前面那种全部画在一张纸上的效果在视觉效果上是一样的。

如果觉得眼睛的位置有偏差，可以单独移动眼睛所在的那层薄膜以达到修改的效果。如果不满意，甚至可以把整张薄膜丢弃，重新画一张。而其余的脸庞、鼻子等部分不受影响，因为它们被画在不同层的薄膜上。

这种方式最大可能地避免了重复劳动,极大地提高了后期修改的效率。

在 Photoshop 设计过程中,很少有一次成型的作品,常常需要经过若干次修改才能得到比较满意的效果。因此,在 Photoshop 中使用类似这种"透明薄膜"的概念将图像分层制作是明智的。

💬 注意

◆ 图层像一张张透明的纸,透过透明区域,从上层可以看到下面的图层。

◆ 通常将不同的对象放在不同的图层上,通过更改图层的先后次序和属性,可以改变图像的合成效果。

【例 2-4】　人脸水果。

(1) 打开文件 pear. bmp 和 face. bmp,选择"矩形选框"工具,选取 face. bmp 中需要的部分,如图 2-9 所示。

图 2-9　选取所需部分

(2) 执行"编辑"|"复制"命令,关闭 face. bmp 文件,在 pear. bmp 文件中执行"编辑"|"粘贴"命令。将该层的不透明度改为 45%,如图 2-10 所示,以便能同时看到梨和人脸,如图 2-11 所示。

(3) 执行"编辑"|"自由变换"命令,旋转并改变人脸的位置与大小,以适应梨的画面,如图 2-12 所示。

(4) 将不透明度重新改回 100%。使用"橡皮擦"工具,"硬度"为 100%,"不透明度"为 100%,如图 2-13 所示。擦除梨以外的其他部分,效果如图 2-14 所示。

图 2-10　改变不透明度

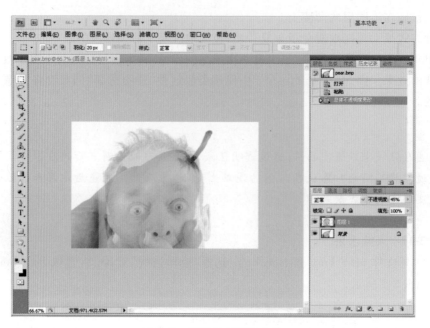

图 2-11　同时显示梨和人脸

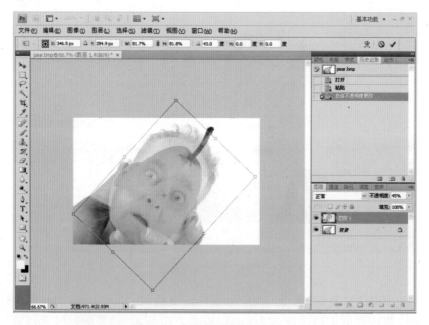

图 2-12　改变人脸的位置与大小

　　(5) 使用柔性橡皮擦(硬度为 0),将其不透明度改为 30%,擦除眉毛、眼睛、鼻子和嘴以外的其他部分,效果如图 2-15 所示。

　　(6) 按 Ctrl+J 组合键复制层。单击图层面板中该复制层左侧的 👁 隐藏该层。单击其下一层,使其成为当前层,如图 2-16 所示。

　　(7) 执行"图像"|"调整"|"色彩平衡"命令,在出现的"色彩平衡"对话框中进行设置,如

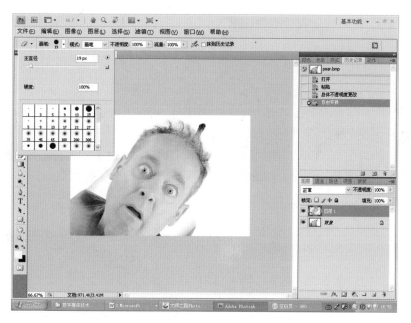

图 2-13 选择橡皮擦工具

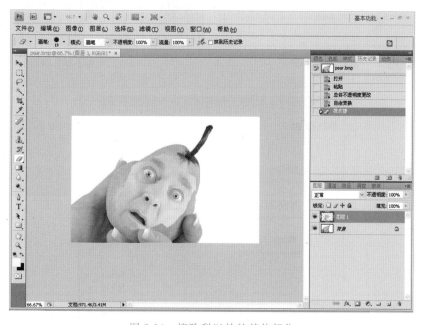

图 2-14 擦除梨以外的其他部分

图 2-17 所示,效果如图 2-18 所示。

(8) 执行"图像"|"调整"|"色相/饱和度"命令,在出现的"色相/饱和度"对话框中进行设置,如图 2-19 所示,效果如图 2-20 所示。

(9) 重新显示被隐藏的图层,将其作为当前层。选择"橡皮擦"工具,擦去除眼睛、鼻子和嘴外的其他部分,效果如图 2-21 所示。

图 2-15 擦除后的效果

图 2-16 选择当前层

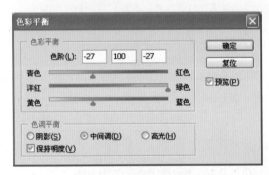

图 2-17 调整色彩平衡

图 2-18 调整色彩平衡后的效果

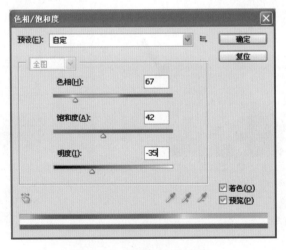

图 2-19 调整色相/饱和度

(10) 执行"图像"|"调整"|"色阶"命令,出现"色阶"对话框,如图 2-22 所示。

(11) 选择通道为"红",将"输入色阶"中间项的值改为 0.4;选择通道为"绿",将"输入色阶"中间项的值改为 1.18;选择通道为"蓝",将"输入色阶"中间项的值改为 0.46。显示效果如图 2-23 所示。

图 2-20　调整色相/饱和度效果

图 2-21　再次擦除

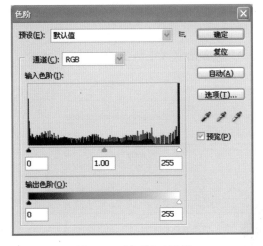

图 2-22　"色阶"对话框

图 2-23　修改色阶值后的效果

（12）执行"图像"|"调整"|"亮度/对比度"命令，在出现的"亮度/对比度"对话框中进行调整，如图 2-24 所示。最终效果如图 2-25 所示。

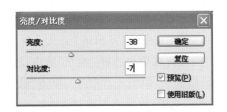

图 2-24　"亮度/对比度"对话框

图 2-25　修改亮度/对比度后的效果

2.4.3　图像特效

要在原有图像的基础上实现各种特效，图层、滤镜、通道和蒙版是必不可少的工具。

滤镜是 Photoshop 的特色工具之一,通过滤镜不仅可以改善图像效果,掩盖缺陷,还可以在原有图像的基础上实现各种特技效果。

通道是 Photoshop 中进行图像制作和图像处理中不可缺少的工具,记录了图像的大部分信息。通道与滤镜结合,可以创作出特殊的效果。

蒙版通常是一种透明的模板,覆盖在图像上,保护指定区域不受编辑操作的影响,与摄影暗室中的遮挡相似。应用蒙版可以精确地选取图像,编辑图像渐隐效果,对原图不会产生破坏。

💬 注意

◆ 蒙版与滤镜结合可以实现特殊图像效果。
◆ 蒙版与通道结合可以编辑图像的蒙太奇效果。

【例 2-5】 美味的咖啡。

(1) 打开文件 coffee. bmp,选择"椭圆选择"工具 ◯,选取咖啡部分,如图 2-26 所示。

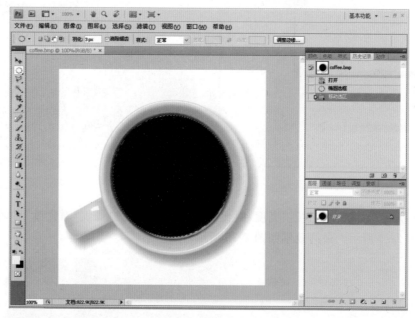

图 2-26 选取咖啡部分

(2) 在选区内右击鼠标,从弹出的快捷菜单中选择"羽化"命令,在弹出的"羽化选区"对话框中设置羽化半径为 3 像数。再次右击鼠标,从弹出的快捷菜单中选择"填充"命令,在弹出的"填充"对话框中选取咖啡颜色,模式改为"线性减淡(添加)",如图 2-27 所示,单击"确定"按钮。执行"选择"|"取消选择"命令,咖啡表面具有一定的层次感,效果如图 2-28 所示。

(3) 新建图层,选择"画笔"工具 ✐,使用柔性画笔,不透明度为 100%,如图 2-29 所示。在咖啡上进行涂抹,效果如图 2-30 所示。

(4) 执行"滤镜"|"扭曲"|"旋转扭曲"命令,在"旋转扭曲"对话框中进行设置,如图 2-31 所示。效果如图 2-32 所示。

图 2-27　设置"填充"选项

图 2-28　具有层次感的表面

图 2-29　选择柔性画笔

图 2-30　使用柔性画笔进行涂抹

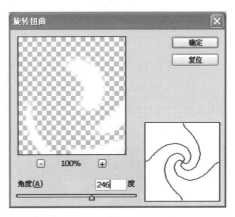

图 2-31　"旋转扭曲"对话框

（5）执行"滤镜"|"扭曲"|"水波"命令，在"水波"对话框中进行设置，如图 2-33 所示。效果如图 2-34 所示。

图 2-32　"旋转扭曲"效果

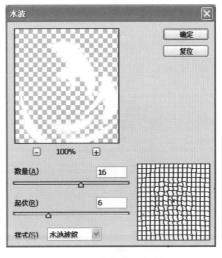

图 2-33　"水波"对话框

（6）执行"滤镜"|"扭曲"|"波浪"命令，在"波浪"对话框中进行设置，如图 2-35 所示。效果如图 2-36 所示。

图 2-34　"水波"效果

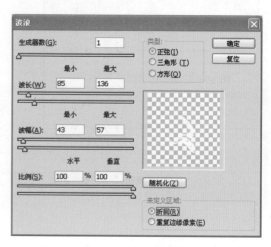

图 2-35　"波浪"对话框

（7）再次执行"滤镜"|"扭曲"|"旋转扭曲"命令，在"旋转扭曲"对话框中进行设置，如图 2-37 所示。效果如图 2-38 所示。

图 2-36　"波浪"效果

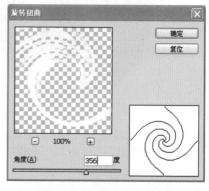

图 2-37　"旋转扭曲"对话框

（8）执行"编辑"|"自由变换"命令，改变波纹的大小和位置，使之与容器匹配，效果如图 2-39 所示。

图 2-38　"旋转扭曲"效果

图 2-39　匹配的效果

（9）在图层面板中右击该图层，从弹出的快捷菜单中选择"混合选项"命令，出现"图层样式"对话框，将"混合模式"改为"叠加"，如图 2-40 所示。效果如图 2-41 所示。

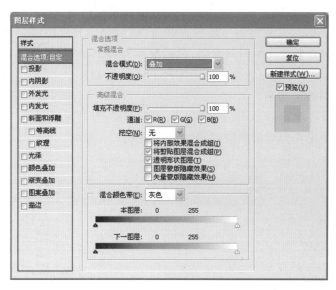

图 2-40　修改图层混合模式

图 2-41　叠加图层效果

（10）显示画面较暗淡。复制该图层，并将其不透明度改为 50％，如图 2-42 所示。最终效果如图 2-43 所示。

图 2-42　改变图层不透明度

图 2-43　最终效果

2.4.4　GIF 动画

GIF 动画是由一幅幅静止画面按先后顺序连续显示的结果。

在制作 GIF 动画前,首先将每一幅静止画面(帧)做好,其次按照一定的规则将它们连接起来,然后定义帧与帧之间的时间间隔,最后保存为 GIF 格式。

使用 Photoshop CS4 可以非常方便地实现 GIF 动画制作。

【例 2-6】 翻书效果动画。

(1) 打开"图书背景.psd"文件,选中"左"、"右"图层,复制图层两次。不显示"副本 2"图层,并将"右副本"图层作为当前图层,如图 2-44 所示。

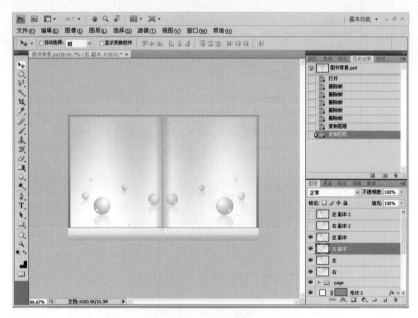

图 2-44　复制图层

(2) 执行"编辑"|"自由变换"命令,或按 Ctrl＋T 组合键,拖动右边界至合适位置,如图 2-45 所示。

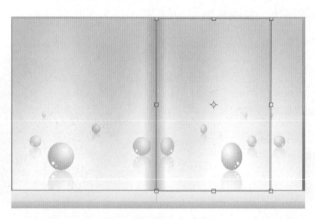

图 2-45　拖动右边界

（3）按下 Ctrl＋Shift 组合键的同时拖动右边界中间节点，使边界倾斜，如图 2-46 所示。

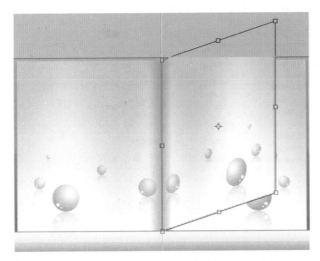

图 2-46   右边界倾斜

（4）单击上方选项工具条中的"在自由变形和变形模式之间切换"按钮🖳，调节上下滑杆和中间的方格，如图 2-47 所示。

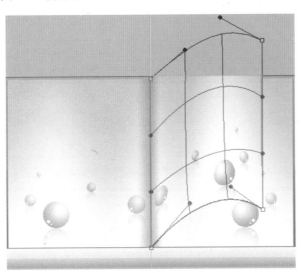

图 2-47   变型

（5）满意后，按 Enter 键确定变形。

（6）执行"图层"|"图层样式"|"混合选项"命令，出现"图层样式"对话框，选择"投影"复选框，改变其"不透明度"和"大小"参数的值，如图 2-48 所示。目的是使效果更逼真，满意后单击"确定"按钮。将图层名改为"右 1"。

（7）将"左副本"作为当前图层，做自由变换操作，如图 2-49 所示。同样添加投影效果。将图层名改为"左 2"。

（8）显示"右副本 2"并作为当前图层，做自由变换操作，如图 2-50 所示。添加投影效果。将图层名改为"右 2"。

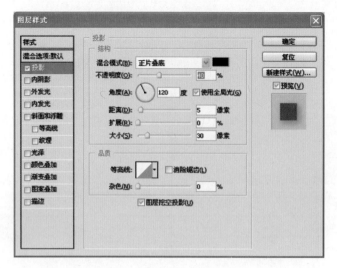

图 2-48　"图层样式"对话框

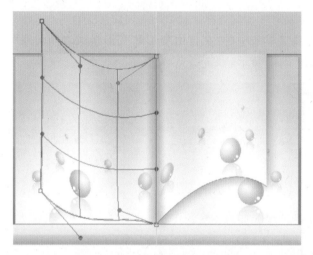

图 2-49　"左副本"图层自由变换

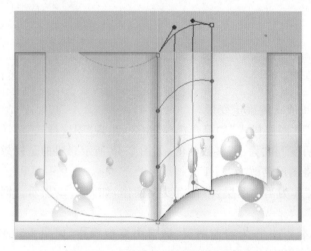

图 2-50　"右副本 2"图层自由变换

（9）显示"左副本 2"并作为当前图层，做自由变换操作，如图 2-51 所示。添加投影效果。将图层名改为"左 1"。

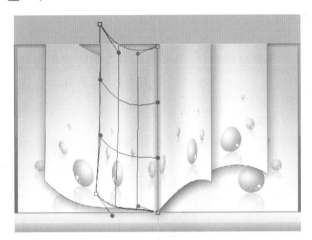

图 2-51 "左副本 2"图层自由变换

（10）执行"窗口"|"动画"命令，打开动画面板。Photoshop CS4 自动生成第 1 帧，如图 2-52 所示。

（11）单击第 1 帧，在图层面板中不显示"左 1"、"左 2"、"右 1"、"右 2"帧。

图 2-52 动画面板

（12）单击复制帧按钮 ，复制 5 个帧。单击第 2 帧，显示"右 1"；单击第 3 帧，显示"右 2"；单击第 4 帧，显示"左 1"；单击第 5 帧，显示"左 2"；第 6 帧保持不变。

（13）单击播放按钮 播放动画。根据需要，修改停留时间和循环次数。

（14）执行"文件"|"存储为 Web 和设备所用格式"命令，在对话框中选择 GIF 格式，如图 2-53 所示。

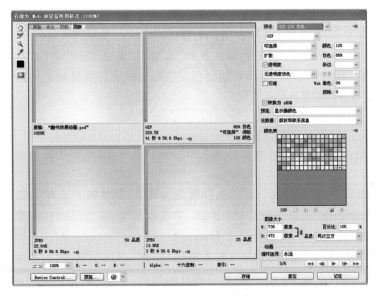

图 2-53 输出 GIF 格式

（15）单击"存储"按钮，实现 GIF 动画文件的制作。

2.5 照片处理软件"美图秀秀"

Photoshop 是顶尖的图像处理软件，但要熟练掌握则需要相当好的功底。有时候做一些小的处理并不一定要用到 Photoshop，如"美图秀秀"就具有图片特效、美容、场景和闪图等功能，可以快速处理照片。

【例 2-7】 犀利哥现身阿凡达。

（1）在"美图秀秀"中打开"犀利哥.jpg"文件，如图 2-54 所示。

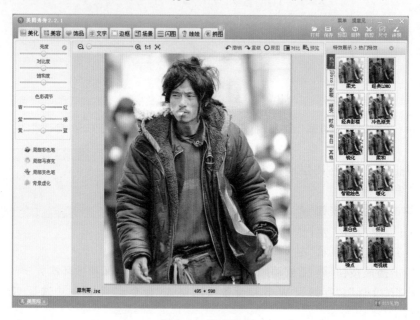

图 2-54　打开文件

（2）单击"裁剪图片"按钮，选取合适的头像，如图 2-55 所示。

（3）单击"应用"按钮，返回主界面。执行"面容"|"皮肤美白"命令，在图 2-56 所示的"皮肤美白编辑框"窗口中单击"选择其他颜色"按钮，选择一种接近阿凡达肤色的蓝色，单击皮肤部分，单击"应用"按钮。

💬 注意

> 若肤色不够蓝，可以用同一种蓝色重复应用以加深肤色，使肤色更接近阿凡达。

（4）执行"饰品"|"开心恶搞"命令，选择精灵尖耳朵，调整其大小和位置。右击耳朵，从弹出的快捷菜单中选择"复制当前素材"命令。右击新耳朵，从弹出的快捷菜单中选择"左右翻转"命令，调整其位置。效果如图 2-57 所示。

（5）选择"美化"菜单，选择 LOMO 特效中的"经典 LOMO"特效，如图 2-58 所示。再次选择"影楼"特效中的"冷蓝"特效，使色调更接近阿凡达。效果如图 2-59 所示。

（6）执行"场景"|"其他场景"命令，选择图 2-60 所示的场景，单击"应用"按钮。

图 2-55 裁剪头像

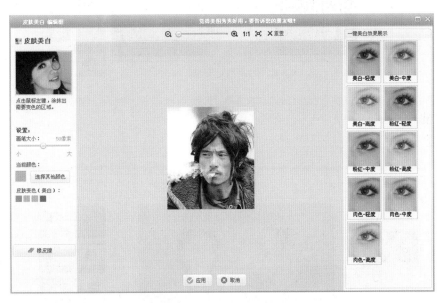

图 2-56 "皮肤美白编辑框"窗口

（7）执行"场景"|"逼真场景"命令，选择图 2-61 所示的场景，单击"应用"按钮。

（8）单击"裁剪图片"按钮，去除下方的文字。

（9）执行"文字"|"输入静态文字"命令，输入文字，调整其大小位置。最终效果如图 2-62 所示。

图 2-57　添加耳朵　　　　　　图 2-58　添加特效　　　　　图 2-59　阿凡达颜色效果

图 2-60　应用阿凡达场景

图 2-61　应用新闻报道场景

图 2-62　最终效果

2.6　动画制作软件 Flash CS4

Flash CS4 是优秀的矢量动画编辑软件,制作的动画可以随意调整缩放,不会影响文件的大小和质量。占用的存储空间只是相同大小的位图的几千分之一,非常适合在网络上使用。与以前版本相比,CS4 的界面更接近于 Adobe 的其他软件,如 Premiere、After Effects等,具有全新的动画补间模式,新增了 3D、Deco 和骨骼等工具。

注意

- ◆ 时间轴是 Flash 中进行动画编辑的基础,用以创建不同类型的动画效果和控制动画的播放效果。
- ◆ 时间轴上的每一个方格称为一个帧,是 Flash 动画最小的时间单位。

实现动画一定要有关键帧,在关键帧中,对象或对象的属性发生变化就形成了动画效果。

在关键帧中改变对象,如在关键帧中出现新的对象,与以前版本一样,这种关键帧仍然称为关键帧;但在关键帧中改变对象的属性,如位置的变化等,这种关键帧则称为属性关键帧,属性关键帧是 CS4 新出现的概念。

2.6.1　补间动画

在传统的动画制作过程中,动画的每一帧都要单独绘制,这种绘制动画的方法在 Flash中称为逐帧动画。制作逐帧动画的工作量非常大,Flash 提供了补间动画的制作方法,即利用关键帧处理技术的插值动画。

注意

- ◆ 逐帧动画的每个帧都是关键帧,补间动画只在重要位置定义关键帧。
- ◆ 两个关键帧之间的内容由 Flash 通过插值的方法自动计算生成。

【例 2-8】 移动小球。

（1）新建 Flash 文件（ActionScript 3.0），选择"椭圆"工具 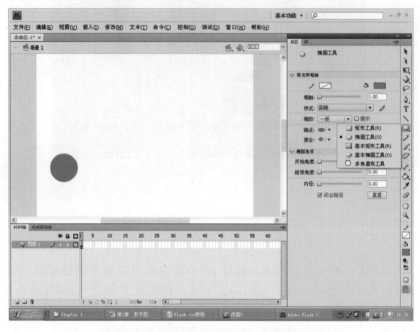，按下 Shift 键，在场景中画一个正圆形，如图 2-63 所示。

图 2-63　在场景中使用"椭圆"工具绘制小球

（2）右击时间轴的第 30 帧，从弹出的快捷菜单中选择"插入帧"命令。在 1～30 帧之间的任一帧上右击鼠标，从弹出的快捷菜单中选择"创建补间动画"命令，弹出图 2-64 所示的对话框。

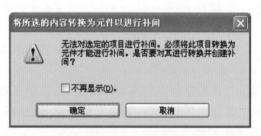

图 2-64　系统提示转换元件

💬 注意

　　◆ 这是由于刚才画的小球是图形，而不是元件，Flash 无法创建补间。

　　◆ 从 CS4 版本开始进行提示，以方便用户操作。

（3）单击"确定"按钮，将图形转换为元件。单击第 30 帧，将小球拖到场景右侧，如图 2-65 所示。

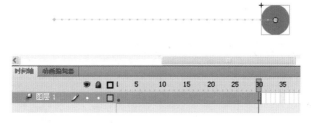

图 2-65　创建补间动画后的变化

注意

◆ 图中显示两项变化：第 30 帧自动插入关键帧，这个关键帧就是属性关键帧，小球对象的 x 属性发生了改变；第 1 帧的小球与第 30 帧小球之间多了一条路径。

◆ 单击时间线上的第 1 帧，按 Enter 键，小球沿直线从左到右运动。

（4）选择时间轴旁的"动画编辑器"选项卡，出现 CS4 新增的"动画编辑器"面板，如图 2-66 所示。

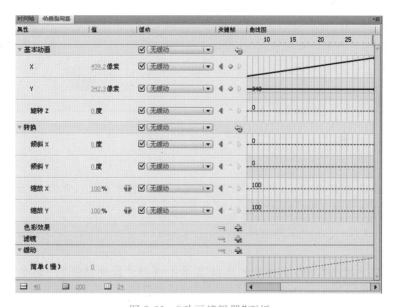

图 2-66　"动画编辑器"面板

注意

通过修改相应的像素值或拖动关键帧的曲线，可以精确调整动画的属性值，包括 X、Y 和旋转属性，并可设置各种缓动效果。

（5）选择第 10、20 帧，调整小球的位置，如图 2-67 所示。

（6）使用"选择"工具调整路径，使其符合自己的需要，如图 2-68 所示。

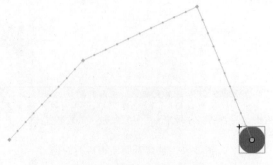

图 2-67　调整小球的位置

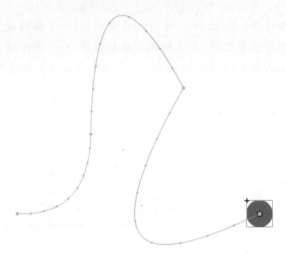

图 2-68　调整路径

注意

◆ 由于前10帧距离较短(可以从相邻两帧之间的距离看出),中间10帧距离较长,后10帧距离最长,因此形成了缓动的效果。

◆ 按 Enter 键,小球由慢到快地运动。

(7) 在路径上单击右键,从弹出的快捷菜单中选择"运动路径"|"将关键帧转换为浮动"命令。

注意

按 Enter 键,小球按路径匀速运动。

(8) 执行"文件"|"另存为"命令,保存文件为"小球.fla"。执行"文件"|"导出"|"导出影片"命令,将文件导出为"小球.swf"。

2.6.2　3D 动画效果

Photoshop CS4版本引入了三维定位系统,除了两维的坐标轴,即水平方向(X)和垂直方向(Y)外,增加了一个坐标轴 Z,通过 X、Y、Z 三个坐标确定对象的位置。通过 3D 旋转工具或 3D 平移工具,绕 Z 轴旋转或平移影片剪辑将会产生 3D 动画效果。

在场景中放置一个元件,使用 3D 旋转工具单击该元件,出现图 2-69 所示的由红、绿、蓝、橙色线条或圆组成的图形。

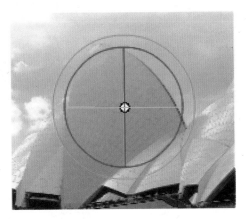

图 2-69　3D 旋转图形

拖动红色线条,元件绕 X 轴旋转;拖动绿色线条,元件绕 Y 轴旋转;拖动蓝色圆圈,元件绕 Z 轴旋转;拖动橙色圆圈,元件绕 XYZ 轴旋转。

注意

只要记住 RGB—红绿蓝—XYZ,即可知道颜色与旋转轴之间的对应关系。

【例 2-9】 旋转立方体。

(1) 新建 Flash 文件(ActionScript 3.0),执行"文件"|"导入"|"导入到库"命令,导入 6 张 200×200 的图片。

(2) 执行"插入"|"新建元件"命令,创建名为"立方体"的元件。

(3) 将图片 1 拖入其中,按 F8 键,将其转换为元件。使用 3D 旋转工具单击该元件,设置其 3D 定位:X:0,Y:0,Z:−100,如图 2-70 所示。

(4) 右击时间轴下的图层 1,从弹出的快捷菜单中选择"插入图层"命令。将图片 2 拖入并转换为元件。设置其 3D 定位:X:0,Y:0,Z:100,完成正方体的正面和背面,效果如图 2-71 所示。

(5) 插入图层,将图片 3 拖入并转换为元件。设置其 3D 定位:X:−100,Y:0,Z:0。用 3D 旋转工具将图片绕 Y 轴旋转 90°,图片被放置在左边侧面,且正好与上两张图片对接,效果如图 2-72 所示。

(6) 插入图层,将图片 4 拖入并转换为元件。设置其 3D 定位:X:100,Y:0,Z:0,用 3D 旋转工具将图片绕 Y 轴旋转 90°,图片被放置在正方体的右边侧面,效果如图 2-73 所示。

(7) 插入图层,将图片 5 拖入并转换为元件。设置其 3D 定位:X:0,Y:100,Z:0,用 3D 旋转工具将图片绕 X 轴旋转 90°,图片被放置在正方体的底面。

(8) 插入图层,将图片6拖入并转换为元件。设置其3D定位:X:0,Y:−100,Z:0,用

图 2-70 修改 3D 属性

图 2-71 修改 3D 属性

图 2-72 放置在左侧

图 2-73 放置在右侧

3D 旋转工具将图片绕 X 轴旋转 90°，图片被放置在正方体的顶面。正方体元件最终效果如图 2-74 所示。

（9）单击"场景 1"，返回到主场景，将正方体元件拖到场景中，如图 2-75 所示。

图 2-74 正方体元件

图 2-75 场景中的正方体元件

(10) 在第 30 帧插入帧,右击时间轴 1～30 帧中的任意位置,从弹出的快捷菜单中选择"创建补间动画"命令。选择第 30 帧,使用 3D 旋转工具将立方体绕 Y 轴旋转一定角度,这时第 30 帧被自动设为关键帧。打开"动画编辑器"面板,将"旋转 Y"的数字改为 360,如图 2-76 所示。这样,正方体将绕 Y 轴旋转一周。

图 2-76　修改旋转参数

(11) 回到"时间轴"面板,在第 31 帧处单击鼠标右键,从弹出的快捷菜单中选择"插入空白关键帧"命令。右击第 30 帧,从弹出的快捷菜单中选择"复制帧"命令;右击第 31 帧,从弹出的快捷菜单中选择"粘贴帧"命令。发现一共被复制了 30 帧,即第 1 到 30 帧都被复制了,这是因为在 CS4 中,补间动画被看做为 1 帧。

(12) 单击第 60 帧,打开"动画编辑器"面板,将"旋转 X"的值改为 360,"旋转 Y"的值改为 0。这样,在第 31 到 60 帧中,正方体将绕 X 轴旋转一周。

(13) 在第 61 帧插入空白关键帧,将第 60 帧复制到第 61 帧。在第 90 帧处,将"旋转 X"、"旋转 Y"的值改为 0,"旋转 Z"的值改为 360,正方体将绕 Z 轴旋转一周。

(14) 在第 91 帧插入空白关键帧,将第 90 帧复制到第 91 帧。在第 120 帧处,用 3D 旋转工具将橙色圆圈拖动一定角度,让正方体沿 X、Y、Z 三个方向同时旋转。

【例 2-10】　世博相册。

(1) 新建 Flash 文件(ActionScript 3.0),执行"文件"|"导入"|"导入到库"命令,导入 5 张世博图片。

(2) 执行"插入"|"新建元件"命令,创建"图片 1"元件,进入其编辑场景。

(3) 在第 1 帧绘制矩形,相对舞台居中对齐,根据导入图片在属性面板中设置矩形大小为 200×200。

(4) 插入图层 2,在第 1 帧中拖入库中的"中国馆"图片,使用"文本"工具输入文字。将图片和文字放置在合适位置,如图 2-77 所示。

(5) 在库中右击"图片 1",从弹出的快捷菜单中选择"直接复制"命令,在弹出的"直接复制元件"对话框中将名称改为"图片 2"。

(6) 打开"图片 2"元件的编辑场景,选中舞台中的图片,在属性面板中单击"交换"按钮,在弹出的图 2-78 所示的"交换位图"对话框中选择"澳大利亚馆"。

(7) 调整图片位置,修改文字内容,如图 2-79 所示。

(8) 用同样方法制作相册的图片 3～图片 5,并分别将图片替换为"德国馆"、"法国馆"和"加拿大馆",并修改相应的文字内容。

(9) 返回场景,右击"图层 1",从弹出的快捷菜单中选择"属性"命令,改名为"底层"。选中第 1 帧,将库中的"图片 2"元件拖入舞台。在属性面板中,将"3D 定位和查看"中的 X 值改为 375,Y 值改为 200,如图 2-80 所示。

图 2-77　相册的第 1 幅图

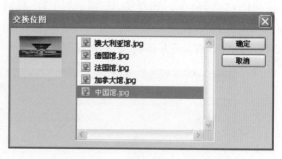

图 2-78　"交换位图"对话框

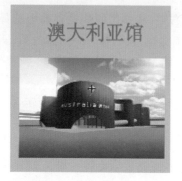

图 2-79　相册的第 2 幅图

图 2-80　修改 3D 属性

(10) 在第 31 帧中插入关键帧,选中舞台中的图片,单击属性面板中的"交换"按钮,在弹出的"交换元件"对话框中选择"图片 3"。

(11) 在第 61 帧中插入关键帧,选中舞台中的图片,单击属性面板中的"交换"按钮,在弹出的"交换元件"对话框中选择"图片 4"。

(12) 在第 91 帧中插入关键帧,选中舞台中的图片,单击属性面板中的"交换"按钮,在弹出的"交换元件"对话框中选择"图片 5"。

注意

◆ 如果有更多的图片,每隔 30 帧按相同方法进行操作。

◆ 最后一个元件"图片 N"应该位于[30(N－2)＋1]帧上,并在第 30(N－1)帧插入一个普通帧。

◆ 本例共 5 个图片,N＝5,"图片 5"位于第 91 帧上,并在第 30(5－1)帧处插入一个普通帧。

(13) 在 120 帧处单击鼠标右键,从弹出的快捷菜单中选择"插入帧"命令。

(14) 插入图层,将图层更名为"图片 1"。将"底层"的第 1 帧复制到"图片 1"的第 1 帧。选中"图片 1"的第 1 帧,用元件交换法将图片改为"图片 1"元件。

(15) 在"图片 1"图层的第 61 帧插入空白关键帧,并创建补间动画。选中第 1 帧,选中 3D 旋转工具,拖动中心点到图片左侧边线上,如图 2-81 所示。

(16) 将时间轴上的红色播放头拖动到第 20 帧,将光标置于绿色线上转动半圈,如图 2-82

所示。

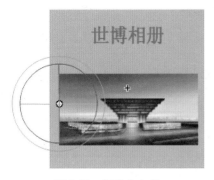
图 2-81　拖动中心点

图 2-82　沿 Y 轴旋转

💬**注意**

　　也可以在"动画编辑器"中将"旋转 Y"属性的值修改为 180,进行精确调整。

　　(17) 在"图片 1"图层的第 1～60 帧之间右击鼠标,从弹出的快捷菜单中选择"另存为动画预设"命令,在弹出的"将预设另存为"对话框中输入"翻页效果"。

　　(18) 插入图层,命名为"图片 2"。将"底层"的第 1 帧复制到"图片 2"的第 31 帧。选中"图片 2"的第 31 帧,执行"窗口"|"动画预设"命令,在弹出的"动画预设"面板中选择刚保存的"翻页效果",如图 2-83 所示,单击"应用"按钮。

　　(19) 插入图层,命名为"图片 3"。将"底层"的第 31 帧复制到"图片 3"的第 61 帧。选中"图片 3"的第 61 帧,应用"翻页效果"。

　　(20) 使用同样方法编辑其他图片的翻页效果,最后一帧如图 2-84 所示。

图 2-83　应用预设动画

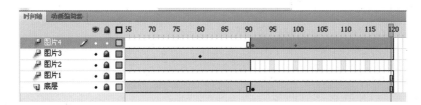
图 2-84　最后一帧

💬**注意**

◆ 最后一个翻页效果应该是第(N−1)图片元件的翻页动作,所不同的只是让最后一个普通帧落在第 30(N−1)帧上,即与"底图"图层的最后一帧平齐。

◆ 例子中的 N=5,因此最后一个翻页效果在"图片 4"元件上,最后一帧落在第 120 帧上。

习 题 2

一、填空题

1. 数字图像包括静态图像和动态图像,静态图像包括_____图与_____图,动态图像包括_____与_____。

2. 动态图像是连续渐变的_____图像序列沿着时间轴依次更换显示,从而构成运动视觉的媒体。当序列中每帧图像是由人工或计算机产生时,常称为_____;当序列中每帧图像是通过实时摄取自然景象或活动对象产生时,常称为_____。

3. 根据视觉空间的不同,计算机动画分为_____动画与_____动画。

4. PC 上最常用的位图文件格式是_____,支持动画图像且 Internet 上几乎所有 Web 浏览器都支持的图像文件格式是_____。

5. _____是 Flash 中进行动画编辑的基础,用以创建不同类型的动画效果和控制动画的播放效果。

6. 时间轴上的每一个方格称为一个_____,是 Flash 动画最小的时间单位。

7. 用 3D 旋转工具单击元件后出现由红、绿、蓝、橙色线条或圆组成的图形,红色表示_____轴,绿色表示_____轴,蓝色表示_____轴。

二、简答题

1. 什么是矢量图? 什么是位图?

2. 验证一幅 800×600 像素的真彩色图像(24 位像素深度)在计算机中占用的空间大约为 1.4MB。

3. 简述图像压缩的目的和作用。

4. 简述无损压缩和有损压缩。

5. 简述 CS4 中的关键帧与以前版本的不同之处。

6. 什么是补间动画?

三、操作题

1. 使用 Photoshop CS4 实现图像修复。

2. 使用 Photoshop CS4 实现图像合成。

3. 使用 Photoshop CS4 实现图像特效。

4. 使用 Photoshop CS4 实现 GIF 动画制作。

5. 使用美图秀秀实现照片处理。

6. 使用 Flash CS4 实现补间动画。

7. 使用 Flash CS4 实现 3D 动画效果。

8. 使用 Flash CS4 制作相册。

第3章 数字音频技术

 学习目标

本章将重点介绍数字音频的基本概念和处理技术。

- 采样、量化、编码的概念。
- 数字音频压缩概念及常见文件格式。
- 常用音频编辑处理软件。
- 语音合成与语音识别的目的和作用。
- 使用 Soundbooth CS 实现音频文件的淡入淡出、去除噪音、调整语速、音量匹配、特效处理和多路音频合成等功能。

自然界中的声音是由于物体的振动产生的,是通过空气传播的一种连续的波,是模拟信号;数字媒体技术中的声音是经过计算机处理的,是数字音频。

3.1 数字音频基本概念

自然界的声音经过麦克风后,机械运动被转化为电信号。在计算机处理和存储声音之前,通过声卡把这些电信号转换为二进制数,这个转换过程称为模数转换。模数转换的过程分为采样和量化两个部分,经过处理后的音频信号就变成了数字音频。

对数字音频采用一定的算法进行压缩,然后采用一定的格式进行记录,这个过程称为编码。将编码后的数据存储在磁盘上,就形成不同格式的音频文件。

当用 Windows 的"附件"中的"录音机"打开某个音频文件,执行"文件"|"另存为"命令,在图 3-1 所示的"另存为"对话框中单击"更改"按钮,可以在打开的"声音选定"对话框中看到采样频率、量化位数和编码等信息,如图 3-2 所示。

> 注意
> - ◆ 采样频率越高,量化位数越多,记录的波形越接近原始信号,声音的质量就越高,当然,所占用的存储空间也越大。
> - ◆ 目前常用的标准采样频率是 8kHz、11.025kHz、22.05kHz、44.1kHz 和 48kHz,常用的量化位数为 8 位和 16 位。
> - ◆ CD 音质的采样频率为 44.1kHz,量化位数是 16 位。

声道数是指所使用的声音通道的个数,它表明声音记录是产生一个波形(即单音或单声道)还是两个波形(即立体声或双声道)。虽然立体声听起来要比单音丰满优美,但需要两倍于单音的存储空间。

图 3-1 "另存为"对话框　　　　　　图 3-2 采样频率、量化位数和编码

采样频率、量化位数和声道数对声音的音质和占用的存储空间起着决定性的作用。存储容量与上述三要素之间的关系可用下列公式表示：

$$存储容量(byte)=\frac{采样频率(Hz)\times 量化位数(bit)\times 声道数}{8}$$

一般来说，希望音质越高越好，磁盘存储空间越少越好，这本身就是一个矛盾，必须在音质和磁盘存储空间之间取得平衡。在数字媒体项目开发与制作中，声音文件一般推荐22.050kHz、16 位。它的数据量是 44.1kHz 声音的一半，但音质却很相似。

将经过采样和量化的数字音频不进行压缩，直接记录下来而形成的文件格式是 PCM。PCM 的最大优点是音质好，最大缺点是文件大。

注意

◆ 常见的 WAV 文件就是微软公司开发的一种基于 PCM 编码的声音文件格式。

◆ Audio CD 也采用 PCM 编码，一张光盘只能容纳 72 分钟的音乐信息。

3.2　数字音频压缩技术

未经压缩的数字音频占据了大量的存储空间，以 CD 为例，其采样频率为 44.1kHz，量化位数为 16 位，1 分钟的立体声音频信号需占约 10M 字节的存储容量，也就是说，一张 CD 唱片的容量只有 1 小时左右。事实上，在无损条件下对声音至少可进行 4∶1 的压缩，即只用 25% 的数字量保留所有的信息，而在视频领域压缩比甚至可以达到几百倍。因而，为了利用有限的资源，压缩技术从一出现便受到广泛的重视。

数字音频压缩是指应用适当的数字信号处理技术，在不损失有用信息量或所引入损失可忽略的前提下，对原始数字音频信号（PCM 编码）进行压缩。

注意

由于数字音频压缩技术具有广阔的应用范围和良好的市场前景，因此一些著名的研究机构和大公司都不遗余力地开发自己的专利技术和产品，形成了各种压缩文件格式，如MP3、RealAudio、WMA、ASF 和 OGG 等。

1. MP3 文件格式

MP3 是 MPEG(Moving Picture Experts Group)Audio Layer-3 的简称,是 MPEG1 的衍生编码方案,可以做到 12∶1 的惊人压缩比并保持基本可听的音质。在 MP3 中使用了知觉音频编码和心理声学,也就是利用了人耳的特性,削减音乐中人耳听不到的成分,以确定音频的哪一部分可以丢弃,同时尽可能地维持原来的声音质量。

2. RealAudio 文件格式

RealAudio(RA)是 Real Networks 公司开发的网络流媒体音频格式,特点是可以在非常低的带宽下(低至 28.8kbps)提供足够好的音质,并可以随着网络带宽的不同而改变声音的质量,在保证大多数人听到流畅声音的前提下,令带宽较宽敞的听众获得较好的音质。

3. WMA 文件格式

WMA(Windows Media Audio)是微软公司开发的数字音频压缩格式,其压缩率一般可以达到 18∶1。WMA 比 MP3 的体积少 1/3 左右,并支持网络流式播放。此外,WMA 支持证书加密,通过 Windows Media Rights Manager 加入保护,可以限制播放时间、播放次数和播放机器。

4. ASF 文件格式

ASF(Audio Steaming Format)除支持音频外,还支持视频及其他多媒体类型。由于 Microsoft 公司的大力推广,这种格式在高音质领域直逼 MP3,并且压缩速度比 MP3 提高 1 倍,在网络广播方面可与 RealAudio 相竞争。

5. OGG 文件格式

OGG(Ogg Vorbis)是一个完全免费、开放和没有专利限制的自由编解码器。在压缩技术上,Ogg Vorbis 最主要的特点是使用了 VBR(可变比特率)和 ABR(平均比特率)方式进行编码,与 MP3 的 CBR(固定比特率)相比可以达到更好的音质。

3.3 数字音频处理技术

数字音频处理包括音频采集、音频编码/解码、音频提取、格式转换、语音合成、语音识别、音频数据传输、音频视频同步、音频效果与编辑等。

音频编辑处理软件可以实现数字音频录制、混合、编辑、转换和制作等功能,如 Adobe 的 Soundbooth 和 Audition(Cool Edit)、GoldWave、WaveCN 等。

Audition 偏重纯音频的专业化处理,对音频进行复杂的处理;Soundbooth 将重点放在与视频的结合上,更像视频后期的配音平台,适合于处理视频、动画、网页中的声音。

GoldWave 和 WaveCN 都是集声音编辑、播放、录制、转换的音频工具,体积小巧,内含丰富的音频处理特效。WaveCN 还是一款免费的中文录音编辑处理软件。

语音识别和语音合成技术是实现人机语音通信的两项关键技术,语音合成技术的目的是使计算机具有说话能力,语音识别技术的目的是使计算机听懂人说的话。

3.4 语音合成技术

语音合成技术(Text To Speech,TTS)是利用计算机按人们预定的程序和指令,人为地产生出音素、音节、词和句子的技术。主要处理如何将文字信息转化为语音信息,以实现动态的、及时的语音朗读等功能,涉及声学、语言学、数字信号处理技术、数字媒体技术等多个学科。

语音合成技术解决的主要问题就是如何将文本状态的文字信息转化为可听的声音信息,使以往只能用眼睛看的文字信息也可以用耳朵来听。

科大讯飞、NeoSpeech 和 ScanSoft 都处于业界领先的地位,其语音合成的音质和音感都非常出色,合成的语音自然度超过普通人说话的水平。其中,科大讯飞被国内外专家公认为具有世界最高水平的汉语语音合成技术。

【例 3-1】 应用科大讯飞"文语通"实现语音合成。

(1) 运行科大讯飞"文语通",程序界面如图 3-3 所示。

(2) 单击"打开"按钮,在"打开"对话框中选择要播放的 htm、html、txt 或 rtf 格式的文件,即可实现朗读功能。

(3) "文语通"安装后,已经作为插件嵌入 Word 和 IE 软件中,实现在线播放的功能。

(4) 在 Word 中,单击图 3-4 所示的"朗读全文"或"朗读选定"按钮,可以对全文或选定部分朗读。

图 3-3 "文语通"程序界面

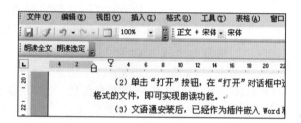

图 3-4 嵌入 Word 中的插件

(5) 浏览网页时,右击鼠标,从弹出的快捷菜单中选择"使用'文语通'朗读选定内容"或"使用'文语通'朗读链接"命令,如图 3-5 所示,即可实现朗读功能。

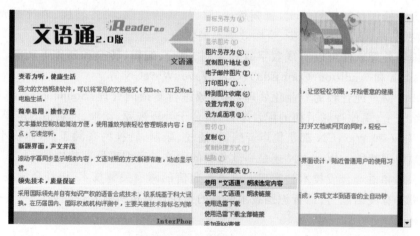

图 3-5 嵌入浏览器中的插件

【例 3-2】 应用微软 TTSAPP 将朗读文本输出为 WAV 文件。

(1) 运行 TTSAPP,程序界面如图 3-6 所示。

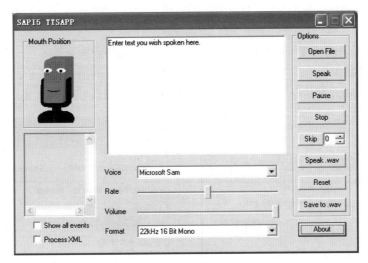

图 3-6 TTSAPP 的程序界面

（2）单击 Open File 按钮选择文本文件，或直接在图中的文本框内输入文字。根据要输出的声音文件的质量选择 Format 下拉列表中的采样频率、量化位数和声道数；在 Voice 下拉列表中选择下载的高质量音库。单击 Saveto. wav 按钮，将文本合成为音频文件，如图 3-7 所示。

图 3-7 合成 WAV 音频文件

3.5 语音识别技术

语音识别技术是实现人机语音通信所必需的另一项关键技术，它的目的是使计算机具有听懂人说话的能力。

语音识别技术所涉及的领域包括信号处理、模式识别、概率论和信息论、发声机理和听觉机理、人工智能等。

语音识别分为训练和识别两个阶段：训练阶段在机器中建立被识别语音的模型库；识别阶段将被识别的语音特征参量提取出来进行模式匹配，相似度最大者即为被识别语音，如图 3-8 所示。

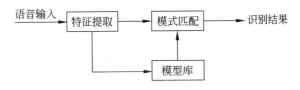

图 3-8 语音识别原理框图

语音识别技术的应用包括语音拨号、语音导航、室内设备控制、语音文档检索和简单的听写数据录入等。语音识别技术与其他自然语言处理技术如机器翻译及语音合成技术相结合，可以构建出更加复杂的应用，例如语音到语音的翻译。

较好的语音识别软件有 IBM 的 Via Voice、微软的语音识别系统 Speech SDK、Dragon

的 Naturally Speaking 等,Google 在 2010 年利用语音识别技术为 YouTube 视频自动生成字幕。

【例 3-3】　应用微软语音识别系统 Speech SDK 实现语音输入。

(1) 运行控制面板中的"区域和语言选项"选项,在出现的图 3-9 所示的"区域和语言选项"对话框中单击"详细信息"按钮,出现"文字服务和输入语言"对话框,如图 3-10 所示。

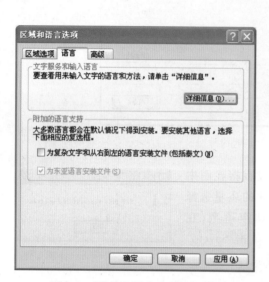

图 3-9　"区域和语言选项"对话框

图 3-10　"文字服务和输入语言"对话框

(2) 选择"语音识别",单击"属性"按钮,出现"语音输入设置"对话框,如图 3-11 所示。

(3) 单击"高级语音"按钮,出现"语音属性"对话框,如图 3-12 所示。

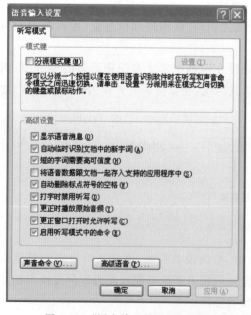

图 3-11　"语音输入设置"对话框

图 3-12　"语音属性"对话框

（4）单击"配置麦克风"按钮，出现"麦克风向导"对话框，如图 3-13 所示。

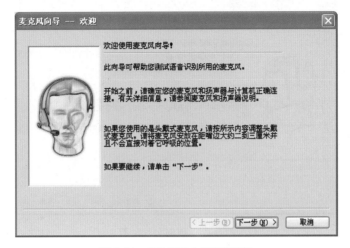

图 3-13　"麦克风向导"对话框

（5）单击"下一步"按钮，出现"测试麦克风"对话框，测试麦克风，如图 3-14 所示。

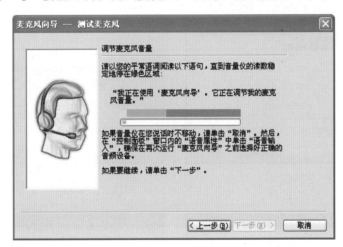

图 3-14　测试麦克风

（6）按提示信息进行朗读，单击"下一步"按钮，出现"测试安放位置"对话框，如图 3-15 所示。

（7）继续按提示信息进行朗读，听到正常的回放录音后，单击"完成"按钮，返回到图 3-12 所示的"语音属性"对话框。

（8）单击"训练配置文件"按钮，出现"声音训练"对话框，如图 3-16 所示。

（9）单击"下一步"按钮，进行声音训练，如图 3-17 所示。

（10）朗读完成后，软件自动更新配置文件，如图 3-18 所示。

（11）更新配置文件后，出现图 3-19 所示对话框，可以单击"更多训练"按钮，进行更多训练，或单击"完成"按钮，完成训练。

（12）打开 Word，将输入法切换至微软拼音输入法，单击图 3-20 所示语言栏中的"麦克风"按钮，切换到听写模式，如图 3-21 所示。

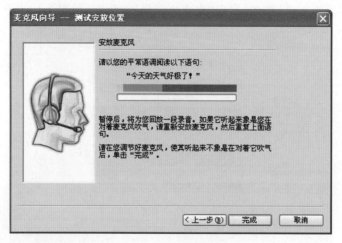

图 3-15　测试安放位置

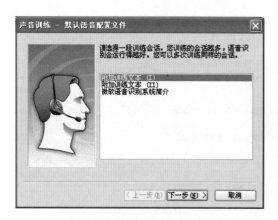

图 3-16　"声音训练"对话框

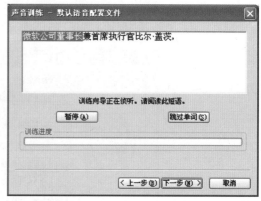

图 3-17　进行声音训练

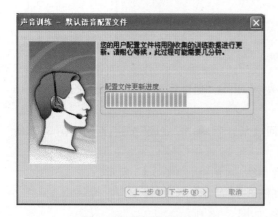

图 3-18　更新配置文件

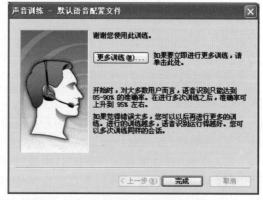

图 3-19　完成训练

图 3-20　语言栏

图 3-21　听写模式

🗨 **注意**

◆ 当进行朗读时，Word 就会将其自动转换为文字。

◆ 如果转换的文字错误较多，则需按上述方法进行多次声音训练。

3.6　音频处理软件 Soundbooth CS4

　　Adobe Soundbooth CS4 的设计目标是为网页设计和影像编辑人员提供高质量的声音信号，实现快速录音、编辑等功能。其主要优势是在和 Adobe 其他工具的配合上，可直接编辑 Adobe Premiere、Flash 和 After Effects 的音频格式。与以前版本相比，其最大的改变是开始支持多轨录音。

3.6.1　音频录制与格式转换

　　在工作区中，可以非常方便地完成音频录制工作。

　　【例 3-4】　音频录制。

　　(1) 运行 Soundbooth CS4，程序界面如图 3-22 所示。

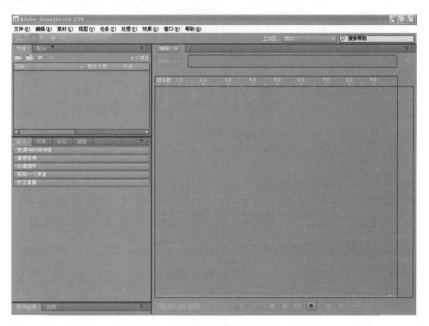

图 3-22　Soundbooth CS4 程序界面

　　(2) 单击右下角的红色录音按钮，出现"录音"对话框，如图 3-23 所示。

　　(3) 在对话框中选择相应参数，如"采样率"、"声道"等，单击左下角的红色"录音"按钮开始录音。录音完毕单击"停止录音"按钮停止录音，单击"关闭"按钮返回主界面。单击工作区中的播放按钮可以播放录制的声音文件，如图 3-24 所示，默认文件格式为 WAV 文件。

　　(4) 执行"文件"|"另存为"命令，出现"另存为"对话框，在"保存类型"下拉列表中可以选择音频文件类型，如图 3-25 所示。

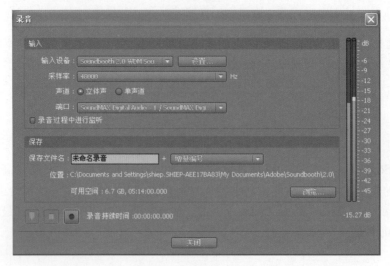

图 3-23 "录音"对话框

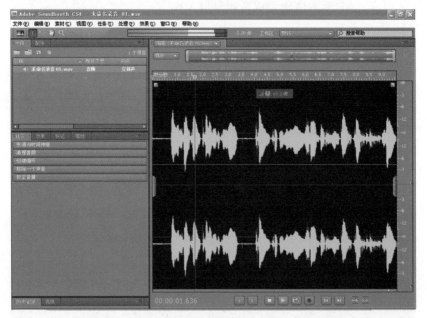

图 3-24 播放录音

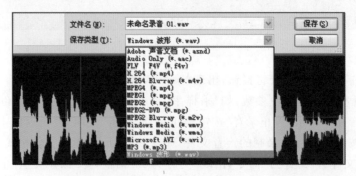

图 3-25 保存文件

注意

对于打开的音频文件,执行"文件"|"另存为"命令,选择其他音频格式,即可完成文件格式转换工作。

3.6.2 音频编辑处理

使用 Soundbooth CS4 可以实现音频文件的淡入淡出、音量调整、去除噪音、调整语速节奏以及对多个音频文件的连接与音量匹配等音频编辑处理功能。

【例 3-5】 淡入淡出。

(1) 执行"文件"|"打开"命令,或单击"文件"面板中的"打开文件"按钮 ,或直接在"文件"面板空白处双击鼠标,打开 song. wav 文件,播放区中的音频波形如图 3-26 所示。

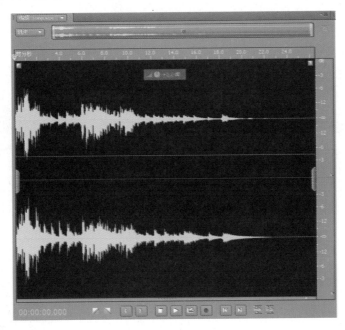

图 3-26 播放区

(2) 单击播放区中的"播放"按钮 ,发现音频出现得很突然。拖动"淡入"按钮 至合适位置,如图 3-27 所示。

(3) 单击"转到前一个标记"按钮 ,或直接将播放头 拖到最左面 0s 处,单击"播放"按钮,实现了声音逐渐变响的淡入功能。

注意

◆ 淡入淡出实现声音的音量渐变,使声音从无到有或从有到无。

◆ 如果音频播放时突然结束,可以通过拖动"淡出"按钮至合适处实现音频淡出功能。

图 3-27　拖动"淡入"按钮实现淡入功能

【例 3-6】　调整音量。

（1）打开 envy_in_am_low_volume. wav 文件，播放时发现该音频音量很轻。

（2）执行"处理"|"音量增幅"命令，或单击播放区右下角的"音量增幅"按钮，实现提升音量的功能。执行前后的波形分别如图 3-28 和图 3-29 所示。

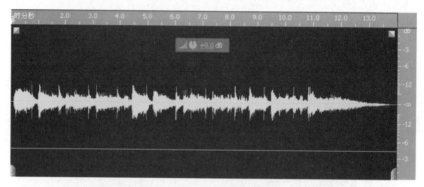

图 3-28　原始音频幅度

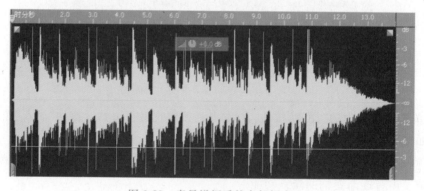

图 3-29　音量增幅后的音频幅度

注意

◆ "处理"菜单下的"标准化"、"硬性限制"和"平均化音量电平"命令也可以提升音频幅度。

◆ 可从波形上分析它们的不同。

【例 3-7】 去除噪音。

（1）打开 hisses_rumbles_clicks_and_pops. wav 文件，播放时发现三段音频背景中分别存在背景噪声、低频隆隆声、咔嗒声和爆音。

（2）单击"任务"面板中的"清理音频"，如图 3-30 所示。

（3）单击"噪声"按钮，出现"噪声"对话框，如图 3-31 所示。

图 3-30　清理音频

图 3-31　"噪声"对话框

（4）单击"预演"按钮，噪声有所降低，但效果不是很理想。单击"取消"按钮。拖动鼠标选中纯噪声部分，如图 3-32 所示。

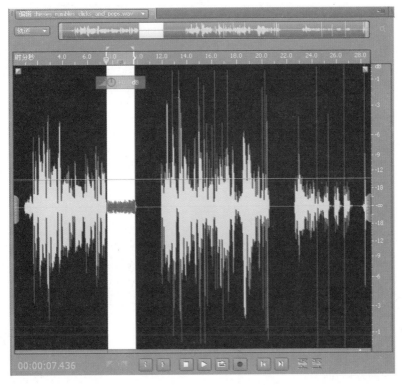

图 3-32　选中纯噪声部分

（5）单击"任务"面板中的"捕获噪声样本"按钮，完成噪声样本捕获。

（6）再次单击"噪声"按钮，出现"噪声"对话框，选中"使用已捕获噪声样本"复选框。调整滑杆中的参数,如图 3-33 所示,单击"预演"按钮,直到去除噪声的效果比较理想,单击"确定"按钮,去除了噪声。

图 3-33   调整滑杆

注意

通过将"预演"按钮前的 ⏻ 按钮按下,使绿色按钮变成灰色,可以聆听去除噪声前后的对比效果。

(7) 选中第 2 段音频,单击"任务"面板中的"低频"按钮,出现"低频隆隆声"对话框,如图 3-34 所示。

图 3-34   "低频隆隆声"对话框

(8) 调整滑杆,聆听效果,直到满意。单击"确定"按钮,去除了低频隆隆声。

(9) 选中第 3 段音频,单击"任务"面板中的"咔嗒声/爆音"按钮,出现"咔嗒声/爆音"对话框,如图 3-35 所示。

图 3-35   "咔嗒声/爆音"对话框

(10) 调整滑杆,聆听效果,直到满意。单击"确定"按钮,去除了咔嗒声/爆音。

【例 3-8】 调整语速。

(1) 打开 coffee_vs_turkey.wav 文件,播放时发现前半段语速太快,后半段语速太慢。

(2) 选中前半段音频,单击"任务"面板中"变调与时间伸缩"中的"音调与时间"按钮,出现"音调与时间"对话框,调整"时间伸缩"滑杆的值使播放时间延长,如图 3-36 所示。

图 3-36 "音调与时间"对话框

（3）单击"预演"按钮，比较调整前后的效果，单击"确定"按钮。

（4）选中后半段音频，单击"任务"面板中"变调与时间伸缩"中的"音调与时间"按钮，出现"音调与时间"对话框，调整"时间伸缩"滑杆的值至 66% 左右，使时间缩短。

【例 3-9】 多个音频文件音量匹配与连接。

（1）打开音量相差悬殊的 4 个文件 voice_1.wav～voice_4.wav。

（2）选中"文件"面板中的 4 个音频文件，将它们拖到"任务"面板中"校正音量"中的"拖放文件到这里"框内，如图 3-37 所示。

（3）如果希望 4 个音频文件的音量与 voice_1.wav 相匹配，则在"匹配文件"列表框中选择该文件，如图 3-38 所示。

图 3-37 校正音量

图 3-38 选择匹配文件

（4）单击"匹配音量"按钮，系统根据所选择的匹配文件进行匹配，完成后显示"匹配音量"对话框，如图 3-39 所示。

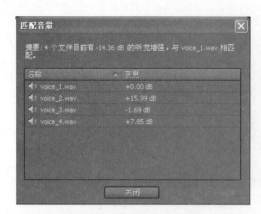

图 3-39 "匹配音量"对话框

（5）单击"关闭"按钮。在"文件"面板中双击 voice_2.wav 文件，使其波形出现在编辑区中。双击波形，然后右击鼠标，从弹出的快捷菜单中选择"复制"命令。

（6）在"文件"面板中双击 voice_1.wav 文件，使其波形出现在编辑区中。单击编辑区下方右侧的"转到下一个标记"按钮 ![按钮]，将播放头 移到波形的最右面。右击鼠标，从弹出的快捷菜单中选择"粘贴"命令，将 voice_2.wav 接在 voice_1.wav 的后面。

（7）同样方法，连接 voice_3.wav 和 voice_4.wav 文件。

【例 3-10】 多个音频文件连接与音量匹配。

（1）打开通过复制粘贴方法将上述 4 个原始文件连接在一起的音频文件 voice__comp_unmatched.wav，这 4 段音频的音量极不匹配，如图 3-40 所示。

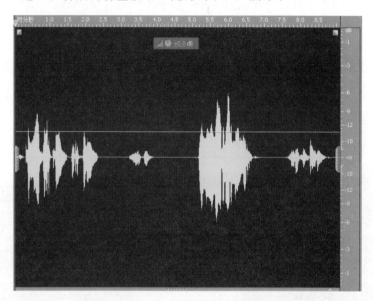

图 3-40 音量不匹配

（2）单击图 3-41 所示"任务"面板中"校正音量"中的"平均化音量电平"按钮，或单击编辑区右下方的"平均化音量电平"按钮 ![按钮]，实现 4 段音频音量的匹配，如图 3-42 所示。

3.6.3 音频特效

Soundbooth CS4 的"效果"面板可以实现人声加强、动态、压缩、合唱/镶边、均衡、失真、控制、模拟延迟、

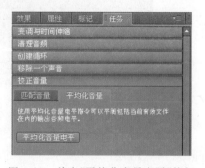

图 3-41 单击"平均化音量电平"按钮

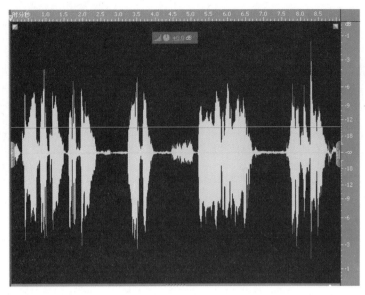

图 3-42　匹配后的音量

混响、相位等特效。

【例 3-11】　人声加强。

（1）打开 noisy_lecture. wav 文件，男子讲话声中掺杂着背景噪音。

（2）执行"效果"|"人声加强"命令，在"效果"面板的"效果预置"下拉列表中选择 Male，如图 3-43 所示。

（3）单击"应用到文件"按钮。

注意

◆ 如果效果不好，可以再进行一次"人声加强"效果。

◆ "人声加强"只能将人声的幅度提升，但不能消除背景噪声。

◆ 针对所有特效，播放时将特效左侧的按钮按下，可以比较特效前后的区别。

◆ 也可以从波形上查看它们的区别。

【例 3-12】　均衡。

（1）打开 envy_in_am. wav 文件，执行"处理"|"均衡：图示"命令。

（2）单击"效果"面板中的"设置"按钮，出现"均衡：图示"对话框，如图 3-44 所示。

注意

◆ "均衡"用于提升或衰减某些频段的音量，如为了突出小提琴音色的亮丽，需要提升它的高频区；而 BASS、低音鼓则需要适当提升低频，衰减高频。

◆ 在声部（乐器）众多的时候，均衡就更为重要，它可以使整个作品各声部层次分明，清晰而不混浊。

（3）单击"播放"按钮，调整对话框中的滑杆，聆听效果，直到满意。

图 3-43　人声加强效果预置

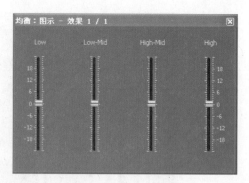

图 3-44　"均衡：图示"对话框

（4）右击"效果"面板，从弹出的快捷菜单中选择"移除所有效果"命令。执行"效果"|"高级"|"均衡：图示（高级）"命令，单击"效果"面板中的"设置"按钮，出现"均衡：图示（高级）"对话框，如图 3-45 所示，可以进行更细化的调整。

图 3-45　"均衡：图示（高级）"对话框

（5）移除所有效果。执行"效果"|"高级"|"均衡：参数（高级）"命令，单击"效果"面板中的"设置"按钮，出现"均衡：参数（高级）"对话框，如图 3-46 所示。

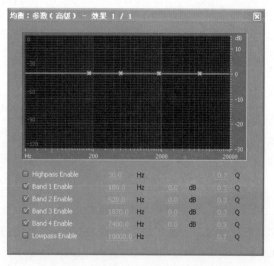

图 3-46　"均衡：参数（高级）"对话框

（6）单击编辑区右下方的"循环播放"按钮，单击"播放"按钮，调整对话框中各个的位置，聆听效果，直到满意。

💬 注意

通过单击"效果"面板的"重置"按钮，可以恢复初始设置。

【例 3-13】 控制。

（1）打开 envy_in_am_low_volume.wav 文件，播放时发现音量很轻。

（2）执行"效果"|"高级"|"控制（高级）"命令。

（3）单击"效果"面板中的"设置"按钮，出现"控制（高级）"对话框，如图 3-47 所示。

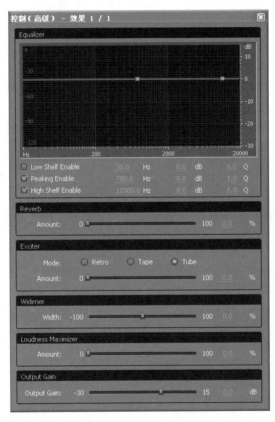

图 3-47 "控制（高级）"对话框

（4）单击编辑区右下方的"循环播放"按钮，单击"播放"按钮，调整对话框中各选项，聆听效果，直到满意。

【例 3-14】 模拟延迟。

（1）打开 sunday_sunday_sunday.wav 文件。

（2）执行"效果"|"高级"|"模拟延迟（高级）"命令。

（3）在"效果"面板的"效果预置"下拉列表中选择 Public Address 选项，聆听效果。

（4）单击"效果"面板中的"设置"按钮，出现"模拟延迟（高级）"对话框，如图 3-48 所示。

（5）单击编辑区右下方的"循环播放"按钮，单击"播放"按钮，调整对话框中各选项，聆

图 3-48 "模拟延迟(高级)"对话框

听效果,直到满意。

> **注意**
>
> "延迟"即增加音源的延续,它不同于混响,是原声音的直接反复,而非余韵;也不同于合唱,合唱是单纯的声音重叠,而延迟给人一种错位、延绵的感觉。

【例 3-15】 混响。

(1) 打开 shadytown_news. wav 文件。

(2) 执行"效果"|"混响"命令。

(3) 在"效果"面板的"效果预置"下拉列表中选择 Mic the Room-Aggressive 选项,聆听效果。

> **注意**
>
> ◆ "混响"简单说就是声音余韵,音源在空间反射出来的声音。
> ◆ 适当设置混响效果,可以更真实、更有现场感地再现音源,也可以起到修饰、美化的作用。

【例 3-16】 多种效果叠加。

(1) 打开 envy_in_am_low_volume. wav 文件。

(2) 在"效果"面板的"立体声收藏夹预置"下拉列表中选择"控制:音乐(快)"选项。其中包含了两个特效,如图 3-49 所示。

(3) 聆听效果,若不满意,可以分别单击各个效果的"设置"按钮,进行进一步调整。

3.6.4 多轨混音

多轨混音实现将不同的音频文件放入不同的音轨中,进行多路音频合成。

【例 3-17】 多路音频合成。

(1) 执行"文件"|"导入"|"文件"命令,在"导入文

图 3-49 "控制:音乐(快)"预置选项

件"对话框中将 multitrack 目录下的 5 个音频文件导入。

(2) 执行"文件"|"新建"|"多轨文件"命令,新增"未命名多声轨 1",如图 3-50 所示。

图 3-50 未命名多声轨 1

(3) 选中 5 个音频文件,将它们拖到编辑区"音轨 1"的下方,产生"音轨 2"～"音轨 6"多个音轨,如图 3-51 所示。

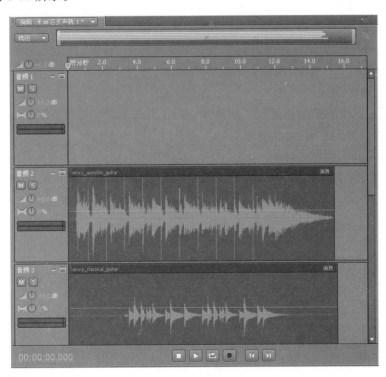

图 3-51 产生多个音轨

(4) 右击"音轨 1",从弹出的快捷菜单中选择"删除轨道"命令,将"音轨 1"删除。

(5) 单击"播放"按钮,聆听合奏音频。

注意

◆ 单击每个音轨标题下的"独奏"按钮 S,单击"播放"按钮,可以单独聆听每一个音轨中播放的音频。

◆ 需要的话,可以调整每个音轨的"轨道音量"或"轨道相位"。

(6) 执行"文件"|"另存为"命令,在"另存多轨文件为"对话框中保存文件。

注意

> 若保存文件为 asnd 格式,可以通过 Soundbooth 打开修改。

习 题 3

一、填空题

1. 多媒体技术中的声音是经过计算机处理的,是_____音频。

2. 计算机通过声卡把声音转换为二进制数,这个转换过程称为_____转换,包括_____和_____两个部分。

3. 对数字音频采用一定的算法进行压缩,然后采用一定的格式进行记录,这个过程称为_____。将_____后的数据存储在磁盘上,就形成不同格式的_____文件。

4. 数字音频压缩是指应用适当的数字信号处理技术,在不损失_____信息量,或所引入损失可_____的前提下,对原始数字音频信号进行压缩。

5. 数字音频处理包括音频_____、音频_____、音频_____、格式_____、语音合成、语音识别、音频数据传输、音频视频同步、音频_____与编辑等。

6. 音频编辑处理软件可以实现数字音频_____、_____、_____、_____转换、_____等功能。

7. _____技术的目的是使计算机具有说话能力,_____技术的目的是使计算机具有听懂人说话的能力,它们是实现人机_____通信所必需的关键技术。

二、简答题

1. 简述采样频率、量化位数、声道数与声音质量、文件大小的关系。

2. 验证 1 分钟的 CD 立体声音频信号约占 10M 字节的存储容量。

三、操作题

1. 通过 Internet 搜索、下载高质量的音库文件,将英语文章通过语音合成软件(如 TTSAPP)输出为高质量的音频文件,提高英语听力水平。

2. 使用微软语音识别系统在 Word 中实现语音输入。

3. 通过 Internet 搜索英语口语训练软件或网站,如 MyET、Speak2Me 等,体验通过语音识别技术提高英语口语能力的过程。

4. 使用 Adobe Soundbooth CS4 对提供的素材进行音频处理。

第4章 数字视频技术

学习目标

本章将重点介绍数字视频的基本概念和处理技术。

- 数字视频压缩的目的和依据。
- 常见视频文件格式。
- 常见数字视频处理软件。
- 使用 Windows Movie Maker 实现数字视频的简单编辑。
- 使用 After Effects CS4 对素材进行修改层属性、关键帧动画、添加特效、层模式混合、添加文字、新建合成、渲染输出等操作,实现数字视频的编辑。

视频技术泛指将一系列的静态影像以电信号方式加以捕捉、记录、处理、储存、传送与重现的各种技术。

视频技术最早是从电视系统发展而来的,从早期的模拟视频到现在的数字视频,视频技术所包括的范畴越来越大。

4.1 数字视频基本概念

模拟视频就是先用摄像机之类的视频捕捉设备将外界影像的颜色和亮度信息转变为电信号,再记录到储存介质。数字视频是将传统模拟视频捕获,并转换成计算机能调用的数字信号。

数字视频在个人计算机上的发展大致分为初级、主流和高级三个历史阶段。

1. 初级阶段

初级阶段的主要特点是在台式计算机上增加简单的视频功能,用户可以利用计算机处理活动画面。但由于设备还未能普及,仅面向视频制作领域的专业人员,普通计算机用户无法在自己的计算机中实现视频功能。

2. 主流阶段

这个阶段数字视频在个人计算机中被广泛应用,成为主流。

在初级阶段,由于数字视频的数据量非常大(1 分钟满屏的真彩色数字视频需要 1.5GB 的硬盘存储空间),而早期计算机所配备的硬盘容量平均大约为几百兆,无法胜任如此大的数据量,因此,数字视频的发展没有人们期望的那么快。

虽然数字视频处理起来很困难,但数字视频所带来的诱惑促使人们采用折中的方法:用计算机捕获单帧视频画面,并以一定的文件格式存储起来,利用图像处理软件进行处理,使在计算机上观看活动的视频成为可能(这样,虽然画面时断时续,但毕竟是动了起来)。而最有意义的突破在于计算机有了捕获活动影像的能力,可以将视频捕获到计算机中,用户随时可以从硬盘上播放视频文件。

能够捕获视频得益于数据压缩,数据压缩方法有纯软件压缩和硬件辅助压缩两种。纯软件压缩方便易行,只用一个小窗口即可显示视频;而硬件压缩花费较高,但速度快。

压缩使在硬盘上存储视频数据成为可能,存储 1 分钟的视频数据只需 20MB 的硬盘空间,而不是压缩前的 1.5GB,所需存储空间的比例是 1∶75。

3. 高级阶段

在这一阶段,普通个人计算机进入了成熟的多媒体计算机时代。各种计算机外设产品日益齐备,视频、音频处理硬件与软件技术高度发达,越来越多的个人也利用计算机制作自己的视频电影。在商业应用上,数字电视、视频电话、视频会议、流式视频、点对点视频传输等都是数字视频应用的热点。

由于大多数视频文件播放的同时都有同步音频输出,因此数字视频也称为数字电影。数字视频能使数字媒体作品变得更加生动、完美,其制作难度一般低于动画创作。

4.2   数字视频压缩技术

视频压缩的目的是尽可能有效地压缩庞大的视频文件,使其占用较小的存储空间,并在保证图像质量的前提下以较快的速度解压和回放。

视频压缩的基本依据是人的视觉系统所具有的两条特性:

(1) 人眼对色度信号的敏感程度比对亮度信号的敏感程度低,利用这个特性可以把图像中表达颜色的信号去掉一些。

(2) 人眼对图像细节的分辨能力有一定的限度,利用这个特性可以把图像中的高频信号去掉。

注意

视频压缩一般分为有损和无损压缩、对称和不对称压缩、帧内和帧间压缩三种方式,不同的压缩方法产生了不同的视频文件。

1. MPEG 文件

MPEG(Motion Picture Experts Group)是由国际标准化组织(International Organization for Standardization,ISO)与国际电工委员会(International Electrotechnical Commission,IEC)于 1988 年联合成立的,其目标是致力于制定数码视频图像及其音频的编码标准。MPEG 不仅代表了运动图像专家组,还代表了这个专家组织所建立的标准编码格式,这也是 MPEG 成为视频文件名称的原因。这类格式是影像阵营中的一个大家族,也是平常见到的最普遍的视频格式之一,包括 MPEG-1、MPEG-2、MPEG-4 和 DivX 等多种视频格式。

- MPEG-1 标准制定于 1992 年,被广泛应用在 VCD 的制作和数字电话网络上的视频传输,如非对称数字用户线路(ADSL)、视频点播(VOD)等。大部分的 VCD 都是用 MPEG-1 格式压缩的(刻录软件自动将 MPEG-1 转为 DAT 格式),使用 MPEG-1 压缩算法,可以将一部 120 分钟的电影压缩到 1.2GB 左右。

- MPEG-2 标准制定于 1994 年,其应用包括 DVD 的制作、HDTV(高清晰电视广播)和一些高要求视频编辑处理上。使用 MPEG-2 压缩算法压缩一部 120 分钟的电影,可以将其压缩到 5GB～8GB 的大小(图像质量远远高于 MPEG-1)。
- MPEG-4 于 1998 年 11 月公布,其最有吸引力的地方在于它能够保存接近于 DVD 画质的小体积视频文件。但是,与 DVD 相比,由于 MPEG-4 采用的是高比率有损压缩的算法,图像质量根本无法和 DVD 的 MPEG-2 相提并论,因此 MPEG-4 在对图像质量要求较高的视频领域内还不适用,主要应用在移动通信和公用电话交换网(PSTN)上,并支持可视电话(Videophone)、电视邮件(Video Mail)、电子报纸(Electronic Newspapers)和其他低数据传输速率场合下的应用。
- DivX 是由 DivX Networks 公司开发的视频格式,即通常所说的 DVDRip 格式。DivX 基于 MPEG-4 标准,可以把 MPEG-2 格式的文件压缩至原来体积的 10%。它采用 DivX 压缩技术对 DVD 盘片的视频图像进行高质量压缩,同时用 MP3 或 AC3 对音频进行压缩,然后再将视频与音频合成,并加上相应的外挂字幕文件形成视频格式。

2. AVI、ASF 和 WMV 文件

AVI(Audio Video Interleaved)是 Windows 标准视频软件 Video for Windows 的一种"历史悠久"的视频格式,原始(未压缩)的 AVI 文件将整个视频流中的每一幅图像逐幅记录。这种视频格式的优点是调用方便、图像质量高。缺点是文件体积过于庞大,如用视频捕捉卡将一段来自摄像机或电视的视频信号捕捉为标准的 PAL 视频格式,短短几秒钟文件就将超过 10MB。

ASF(Advanced Streaming Format)是 Microsoft 公司为了同 Real Networks 公司竞争而发展出来的一种可以直接在网上观看视频节目的文件压缩格式。ASF 格式使用了 MPEG-4 压缩算法,压缩率和图像的质量都较好。

注意

> ASF 的图像质量比 VCD 差一点,但比同是视频流格式的 RM 格式要好。

WMV(Windows Media Video)是 ASF 格式的升级,是一种在 Internet 上实时传播数字媒体的技术标准。在同等视频质量下,WMV 格式的体积非常小,因此很适合在网上播放和传输。

New AVI(n AVI)是一个名为 Shadow Realm 的地下组织发展起来的一种新视频格式,它是由 Microsoft ASF 压缩算法修改而来的,具有较高的压缩率和图像质量。

3. RM、RMVB 文件

RM(Real Media)是 Real Networks 公司制定的音频、视频压缩规范,使用 Real Player 能够利用 Internet 资源对这些符合 Real Media 技术规范的音频、视频进行实况转播。RM 格式一开始就定位在视频流应用方面,是视频流技术的始创者,它可以在用 56K Modem 拨号上网的条件下实现不间断的视频播放,其图像质量比 VCD 差些。RM 格式与 ASF 格式相比各有千秋,通常 RM 视频更柔和一些,而 ASF 视频则相对清晰一些。

RMVB(Real Media Variable Bitrate)是由 RM 视频格式升级延伸出的新视频格式,它

打破了原先 RM 格式那种平均压缩采样的方式,在保证平均压缩比的基础上合理利用比特率资源,就是说在静止或动作场面少的画面场景下采用较低的编码速率,这样就可以留出更多的带宽空间,供快速运动的画面场景使用。这样,在保证了静止画面质量的前提下,大幅提高了运动图像的画面质量,使图像质量与文件大小之间达到了微妙的平衡。

注意

相对于 DVDRip 格式,RMVB 视频有较明显的优势:

◆ 一部大小为 700MB 左右的 DVD 影片,如果将其转录成同样视听品质的 RMVB 格式,其大小最多也就 400MB 左右。

◆ 具有内置字幕和无须外挂插件支持等独特优点。

4. MOV 文件

MOV(Movie Digital Video Technology)是 Apple 公司创立的视频文件格式,由于该格式早期只是应用在苹果计算机上,因此并不被广大计算机用户所熟知。MOV 格式影音文件也可以采用不同的压缩率进行转换,这样就能够针对不同的网络环境选择不同的转换压缩率。另外,MOV 格式能够通过网络提供实时的信息传输和不间断播放,这样无论是在本地播放还是作为视频流媒体在网上传播,它都是一种优良的视频编码格式。

5. 3GP 文件

3GP 是"第三代合作伙伴项目(3GPP)"制定的一种数字媒体标准,是一种新的移动设备标准格式。应用在手机、PSP 等移动设备上,用户能享受高质量的视频、音频等数字媒体内容,具有体积小、移动性强的特点。其核心由高级音频编码(AAC)、自适应多速率(AMR)、MPEG-4 和 H.263 视频编码解码器等组成,目前大部分支持视频拍摄的手机都支持 3GPP 格式的视频播放。

注意

该格式针对 GSM 手机的文件扩展名为 .3gp,针对 CDMA 手机的文件扩展名为 .3g2。

4.3   数字视频处理技术

数字视频处理就是对数字视频内容进行剪辑修改(删除不需要的内容,添加各种特效,增加字幕和配音),最后输出为各种格式的文件。

数字视频处理技术包括数字视频获取、数字视频格式转换和数字视频编辑等方面的内容。

4.3.1   数字视频获取

数字视频的来源包括数码摄像头、模拟摄像机和计算机屏幕等。

1. 数码摄像头

对于数码摄像头,可以直接使用其自带的软件进行数字视频捕获。

2. 模拟摄像机

对于模拟摄像机、录像机、影碟机和 TV 等,借助视频采集卡或利用数码摄像机所带的 DV 传递功能进行数字视频捕获。其过程是连接摄像机、录像机、影碟机和 TV 等设备,从中获取模拟视频信号,并通过采集卡或数码摄像机将它们转化为数字视频信号。

【**例 4-1**】 利用数码摄像机 DV 的传递功能实现数字视频捕获。

(1) 将模拟视频源通过 RCA 接头或 S-Video 接头连接到 DV 摄像机,将 DV 摄像机通过 IEEE 1394 接口连接到计算机,如图 4-1 所示。

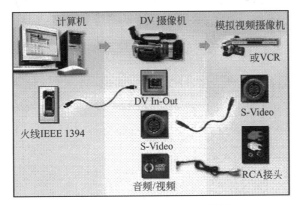

图 4-1 连接模拟视频源至计算机

💬 **注意**

这样,DV 摄像机将视频从模拟格式转换为数字格式,然后将数字视频传送到计算机。

(2) 将 DV 摄像机中的磁带取出,并将其设置为"播放已录制的视频"状态。

(3) 启动 Windows 自带的软件 Windows Movie Maker,程序主界面如图 4-2 所示。

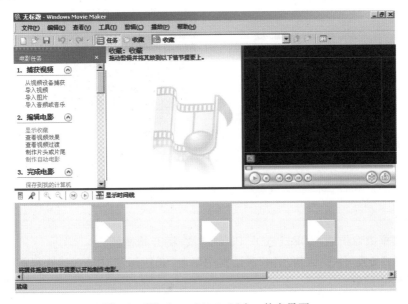

图 4-2 Windows Movie Maker 的主界面

（4）执行"文件"|"捕获视频"命令（或选择图4-2所示"电影任务"窗格中"捕获视频"下方的"从视频设备捕获"选项），打开图4-3所示的"视频捕获设备"对话框，在"可用设备"列表框中选择相应的DV摄像机。

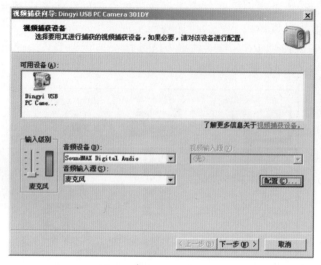

图4-3　选择DV摄像机

（5）单击"下一步"按钮，在"捕获的视频文件"对话框中输入要捕获的视频文件名，并选择保存捕获视频的位置。

（6）单击"下一步"按钮，在"视频设置"对话框中选择捕获视频的质量和大小。

（7）单击"下一步"按钮，出现图4-4所示的"捕获视频"对话框。

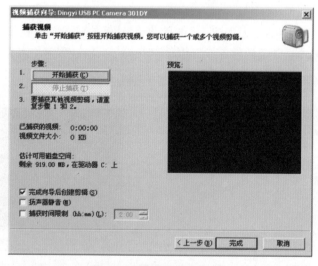

图4-4　"捕获视频"对话框

（8）在模拟摄像机或VCR上按下Play(播放)键开始播放。

（9）在图4-4所示的"捕获视频"对话框中单击"开始捕获"按钮，捕获视频。单击"停止捕获"按钮，停止捕获。

（10）在模拟摄像机或VCR上按下Stop(停止)键停止播放。

（11）单击"完成"按钮，实现数字视频捕获。

3. 计算机屏幕

对于在计算机屏幕上的操作内容，可以使用 Camtasia Studio、Adobe Captivate 等屏幕捕获软件进行数字视频捕获。

【例 4-2】　捕获计算机屏幕内容。

（1）启动 Adobe Captivate，主界面如图 4-5 所示。

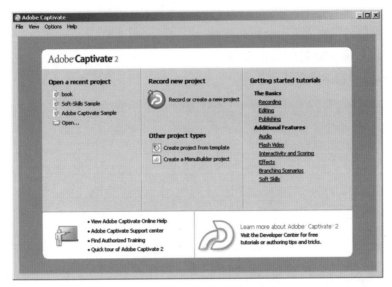

图 4-5　Adobe Captivate 主界面

（2）单击 Record or create a new project 按钮，出现 New project options 对话框，如图 4-6 所示。

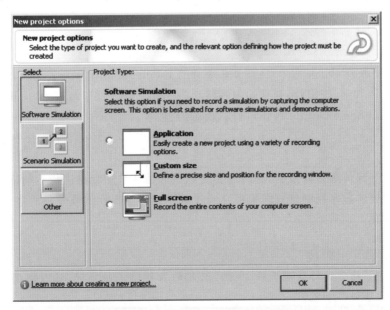

图 4-6　New project options 对话框

（3）单击 OK 按钮，打开图 4-7 所示的设置录制窗口。

（4）单击 Preset sizes 按钮，在下拉菜单中选择录制窗口大小；在 Optionally, select a window you'd like to record 下拉列表中选择要录制的程序窗口；单击 Record 按钮，对所选择程序窗口的操作进行录制。

（5）在录制过程中按 Pause 键暂停录制，按 End 键停止录制。停止录制后将出现图 4-8 所示的窗口，可以对录制的内容进行编辑。

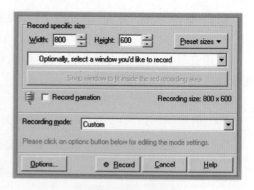

图 4-7　设置录制窗口

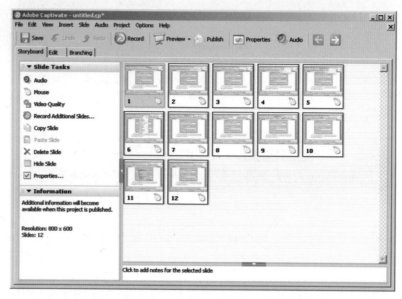

图 4-8　录制内容

（6）执行 File|Publish 命令，在图 4-9 所示的 Publish 对话框中对发布文件进行设置。

（7）单击 Publish 按钮，将捕获的内容转化为 swf 文件。发布结束后，出现图 4-10 所示的对话框。单击 View Output 按钮，可以查看捕获内容。

4.3.2　数字视频格式转换

在进行数字媒体项目开发时，有时需要对原始的数字视频素材进行不同格式的转换，以适应项目的需要。数字视频格式转换可以通过数字视频编辑软件或专门的格式转换软件如"格式工厂"实现。

💬 注意

"格式工厂"除了能够实现音频、视频、图片的各种格式转换外，还可以实现音视频合并，抓取 CD、DVD 等功能。

图 4-9 发布窗口

图 4-10 发布成功

【**例 4-3**】 使用"格式工厂"进行数字视频格式转换。

（1）运行"格式工厂"，程序界面如图 4-11 所示。

图 4-11 "格式工厂"程序界面

（2）如希望转换后的文件格式是 WMV，则单击"所有转到 WMV"图标，出现"所有转到 WMV"界面，如图 4-12 所示。

图 4-12　转换界面

（3）单击"添加文件"按钮，在出现的"打开"对话框中选择源文件，然后单击"打开"按钮返回到"所有转到 WMV"界面。单击"确定"按钮，返回主界面。

（4）单击"开始"按钮，程序将源文件转换为 WMV 视频文件。

4.3.3　数字视频编辑

在进行数字媒体项目开发时，除了对数字视频素材进行不同格式的转换外，有时还需要将视频素材中不合适的画面或片段裁剪掉，将素材重新排序，添加字幕、添加特技、插入声音或音乐等视频编辑处理。

数字视频编辑主要包括素材添加、编辑、制作三步，可以使用 Windows Movie Maker、会声会影、Adobe Premiere 和 Adobe After Effects 等软件实现。

注意

可以根据系统配置要求、软件易用性、视频素材采集、素材编辑、过渡转场和视频滤镜、画中画效果、标题制作、音频制作以及视频输出 9 个方面选择软件。

- Windows Movie Maker 是一款免费的入门级视频编辑软件，如果只对视频进行简单处理，可以使用 Movie Maker 实现。
- 会声会影是一款优秀的视频处理软件，它提供了人性化设计的操作方式，为初学者入门提供了方便。
- Premiere 主要用于剪辑电影，通过对视频画面进行叠加合成，完成各种特技效果，通过淡入淡出实现各种过渡效果，最终可以将多种特技效果和过渡效果综合应用在一段数字视频节目中。

- After Effects 则是专业的视频合成工具,可完成几乎所有特效,比 Premiere 强大的多。较之 Premiere,After Effects 在性能方面主要表现了它强大的关键帧设定功能,而完备的关键帧动画功能是完成各种动画的基础。从这个意义上说,Premiere 还不能够称为一个十分专业的影视编辑软件。

📣 注意

　　Adobe 公司的 Premiere 和 After Effects 是非常优秀的视频编辑软件,能对视频、声音、动画、图像和文本进行编辑加工,并最终生成电影文件。

【例 4-4】 使用 Windows Movie Maker 实现数字视频编辑。

　　(1) 启动 Windows Movie Maker,执行"文件"|"导入到收藏"命令(或选择"电影任务"窗格中"捕获视频"下方的"导入视频"选项),出现"导入文件"对话框。

　　(2) 在对话框中选择要导入的文件"电力系统.wmv",单击"导入"按钮,将视频文件导入到收藏夹中。Movie Maker 具有自动设置镜头转换的能力,将视频剪辑为两段,如图 4-13 所示。

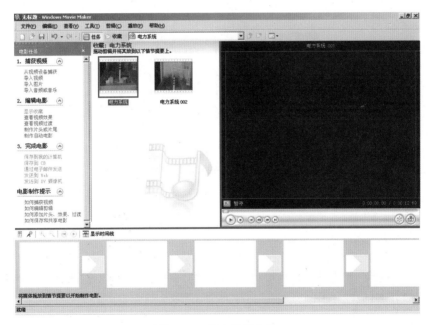

图 4-13　导入视频文件

　　(3) 单击预览区中的"播放"按钮,播放视频剪辑,发现第二段最后部分有噪音。

　　(4) 播放到有噪音的位置,单击"暂停"按钮,停止播放。

　　(5) 单击预览区中的"在当前帧中将该剪辑拆分为两个剪辑"按钮 ⊕,将第二段视频剪辑中的噪音部分拆分为第三段,如图 4-14 所示。

　　(6) 选择"查看"|"时间线"命令,将编辑区切换到"时间线"模式。将前两段视频剪辑先后拖曳到时间线上,如图 4-15 所示。

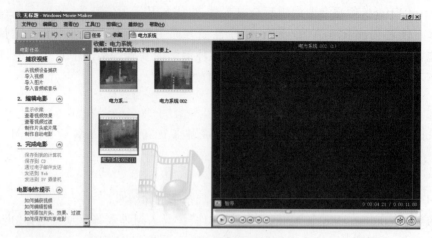

图 4-14   手工拆分视频剪辑

图 4-15   将视频剪辑拖曳到编辑区

> **注意**
>
> ◆ 通过上述操作,在新的文件中去掉了有噪音的第三段。
> ◆ 时间线上有三个轨道:视频、音频/音乐、片头重叠,在片头重叠轨道上可以添加片头、片尾。
> ◆ 以下操作实现片头片尾制作。

（7）选择"电影任务"窗格中"编辑电影"下方的"制作片头或片尾"选项,出现"要将片头添加到何处?"界面,如图 4-16 所示。

（8）单击"在电影开头添加片头"链接,出现"输入片头文本"界面,在界面中输入片头文本,如图 4-17 所示。

（9）单击图 4-17 中的"更改片头动画效果"链接,打开"选择片头动画"界面,如图 4-18 所示,在该界面中选择合适的片头动画。

（10）单击"选择片头动画"界面中的"更改文本字体和颜色"链接,打开"选择片头字体和颜色"界面,如图 4-19 所示,在该界面中选择合适的字体和颜色。

（11）单击"完成,为电影添加片头"链接,实现片头制作。

（12）以同样方式制作片尾"版权所有"并设置动画效果。

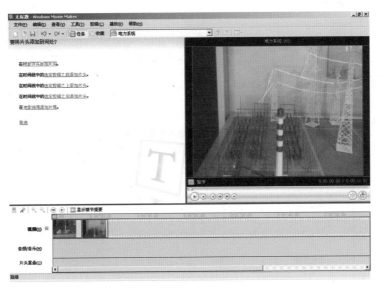

图 4-16　"要将片头添加到何处?"界面

图 4-17　"输入片头文本"界面

图 4-18　选择片头动画

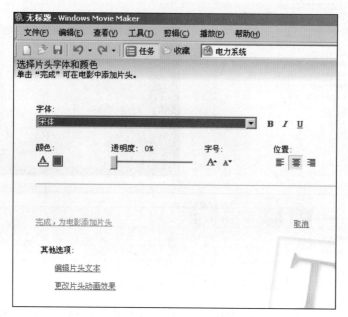

图 4-19　选择字体和颜色

（13）执行"文件"|"保存项目"命令，保存项目文件，以便以后编辑。

（14）执行"文件"|"保存电影文件"命令，打开"保存电影向导"对话框，如图 4-20 所示。

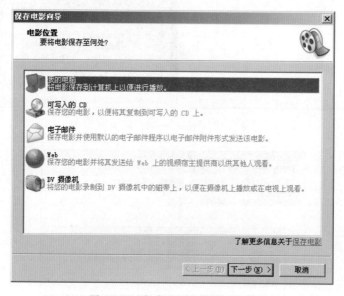

图 4-20　"保存电影向导"对话框

（15）单击"下一步"按钮，在打开的对话框中输入电影文件的名称。再次单击"下一步"按钮，在图 4-21 所示的"电影设置"对话框中设置所保存的文件质量和大小。

（16）单击"下一步"按钮，Movie Maker 根据上面的设定保存数字视频文件。

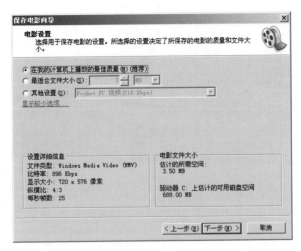

图 4-21　设置保存文件的质量和大小

4.4　数字视频处理软件 After Effects CS4

After Effects CS4 是 Adobe 公司优秀的影视后期合成软件,可以高效精确地对已拍摄的动态素材进行艺术再加工,制作出多种引人注目的动态图像和震撼人心的视觉效果,实现在日常生活中无法实拍的场景,被广泛应用于数字视频的后期制作中。

它保留了 Adobe 软件优秀的兼容性,在 After Effects 中可以非常方便地调入 Photoshop 和 Illustrator 的层文件,Premiere 的项目文件也可以近乎完美地再现于 After Effects 中。

💬 注意

与 Photoshop 相似,After Effects 也采用基于层的方式工作,可以看做是动的 Photoshop。

【例 4-5】　导入素材。

(1) 执行"文件"|"导入"|"文件"命令,或双击"项目"窗口的空白处,出现"导入文件"对话框,选择要导入的文件,文件出现在"项目"窗口中,如图 4-22 所示。

(2) 选择"项目"面板中的"大海.avi"文件,拖到下方的"时间线"窗口中,释放鼠标。在"时间线"窗口中增加了一个层,同时在右侧的"合成"窗口中出现了该文件的影像,如图 4-23 所示。

(3) 选择"项目"面板中的 logo.ai 文件,拖到右侧的"合成"窗口中,释放鼠标。在"合成"窗口中该矢量图叠加在视频影像上,如图 4-24 所示。同时在下方的"时间线"窗口中增加了一个图层。

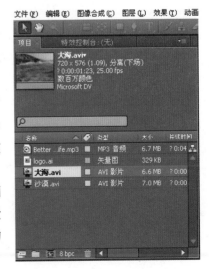

图 4-22　导入文件

图 4-23 "时间线"窗口与"合成"窗口

图 4-24 叠加矢量图

注意

◆ "时间线"窗口与"合成"窗口密不可分,"合成"窗口显示结果,"时间线"窗口显示
结构。

◆ "合成"窗口中可以预演节目,对素材进行移动、缩放和旋转等操作。

◆ "时间线"窗口中可以调整素材的时间位置、长度、层与层之间的上下关系、特效控
制等操作,主要针对层进行操作。

【例 4-6】 修改层属性。

（1）单击 Logo 层左侧的三角形箭头，展开层属性，如图 4-25 所示。

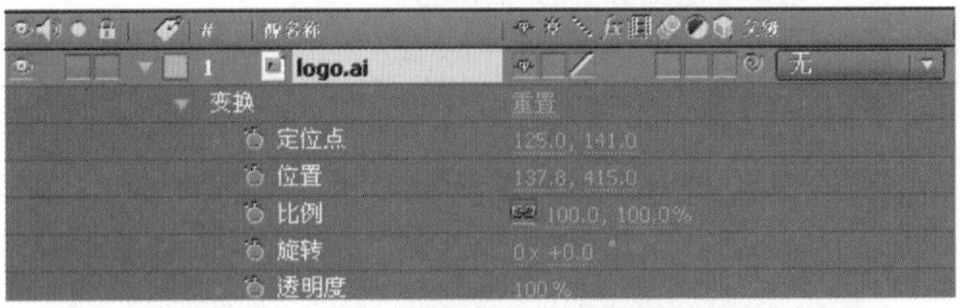

图 4-25　展开层属性

（2）改变"比例"的值，将 Logo 缩小；改变"旋转"的值，使 Logo 倾斜；改变"位置"的值，将 Logo 调整到左下角，如图 4-26 所示。

图 4-26　调整 Logo 属性

注意

上述操作确定了"位置"在 0s 的数值。

【例 4-7】 关键帧动画。

（1）单击"位置"属性左侧类似于秒表的"关键帧计时器"按钮 （改变为 ），产生一个关键帧，如图 4-27 所示。

图 4-27　产生关键帧

（2）将"当前时间指示器"图标 拖到最后（2s）的位置，在"合成"窗口中将 Logo 拖到右上角，如图 4-28 所示。

图 4-28　确定最后关键帧的位置

注意

◆ 在移动 Logo 的时候,"位置"的 2s 处自动产生一个关键帧。

◆ 两个关键帧时间点中间的位置由软件自动生成。

◆ 单击"合成"窗口右侧"预览控制台"中的播放按钮,或按空格键,可以看到动画效果。

◆ 动画中 Logo 的大小没有变化,不符合近大远小的透视规律。

(3) 将"当前时间指示器"图标拖到 0s,单击"比例"属性左侧的"关键帧计时器"按钮,产生关键帧。

(4) 将"当前时间指示器"图标拖到最后(2s 处),修改"比例"属性值,改变 Logo 的大小。

注意

◆ 实现关键帧动画的三个必要条件是属性、时间和数值,只要修改关键时间的属性数值,就可以制作关键帧动画。

◆ 再次播放动画,虽然实现了近大远小的效果,但不符合透视效果,逼真度也有差距。

◆ 下面通过添加特效和层模式混合进行改善。

【例 4-8】　添加特效。

(1) 单击 Logo 图层,将"当前时间指示器"图标拖到 0s,执行"效果"|"旧版本"|"基本3D"命令,出现"特效控制台"面板,如图 4-29 所示。

(2) 调整"旋转"按钮,约为 10°;调整"倾斜"按钮,约为 −10°,使 Logo 在合成窗口中贴着大海,符合透视效果。

(3) 单击"倾斜"属性的"关键帧计时器"按钮,产生关键帧。同时,在"时间线"窗口中可以看到 Logo 层下增加了"效果"属性,在 0s 处增加了关键帧,如图 4-30 所示。

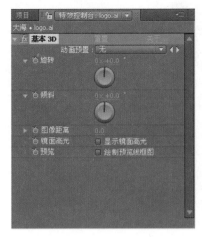

图 4-29 "特效控制台"面板

图 4-30 "效果"属性

(4) 将"当前时间指示器"图标拖到 2s,在"特效控制台"面板或"时间线"窗口中调整"倾斜"度,约为-30°,增加了贴地飞行的逼真度,但颜色与画面不协调。

(5) 执行"效果"|"生成"|"填充"命令,Logo 的颜色变成红色,如图 4-31 所示。

图 4-31 "填充"特效

(6) 单击"特效控制台"面板中的"颜色"按钮,出现"颜色"对话框,选择接近背景(水)颜色的灰色。

注意

单击"特效控制台"面板或"时间线"窗口特效左侧的 ☒ 按钮,可以显示或关闭特效,用于查看特效前后对比效果。

(7) 执行"效果"|"扭曲"|"置换映射"命令,在"特效控制台"面板中的"映射图层"下拉列表中选择"大海.avi",并将"最大水平置换"和"最大垂直置换"的值修改为-15 和-20,如图 4-32 所示。

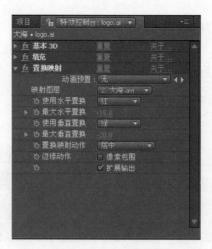

图 4-32   "置换映射"特效

📌 注意

◆ 目的是使 Logo 随着水波的起伏而起伏,达到更逼真的效果。

◆ 但 Logo 像是浮在海水上面的颜色块,没有与海水混合在一起。

【例 4-9】   层模式混合。

(1) 单击"时间线"窗口左下方第二个按钮("展开或折叠展开控制框"按钮),从层功能属性切换到层模式属性,如图 4-33 所示。

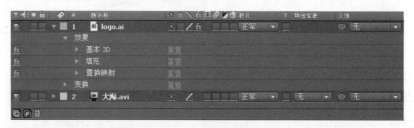

图 4-33   层模式属性

(2) 在"模式"下方的下拉按钮中选择"叠加"方式。

📌 注意

"叠加"方式通过层和层之间的颜色换算,得到半透明的符合环境的效果。

【例 4-10】   添加文字。

(1) 单击工具栏中的"横排文字工具"按钮⊤,在"合成"窗口的适当位置输入文字"Better City, Better Life",如图 4-34 所示。

(2) 在图 4-35 所示的"合成"窗口右侧"效果和设置"面板中选择"动画预置"下"文字"中的预置动画,给加入的文字添加文字特效。

【例 4-11】   新建合成。

(1) 将"沙漠.avi"拖到"项目"窗口下方的"新建合成"按钮▣上,新建"沙漠"合成。

图 4-34 输入文字

图 4-35 文字特效

（2）按例 4-5～例 4-10 的方法进行处理，使 Logo 从右下到左上运动，如图 4-36 所示。

(a) 第一帧

(b) 最后帧

图 4-36 "沙漠"合成

【例 4-12】 渲染输出。

（1）选中所有合成，拖到"新建合成"按钮 上，出现"从选择新建合成"对话框，如图 4-37 所示。

（2）选择"序列图层"复选框，使它们先后依次出现，其他默认。单击"是"按钮。

（3）将音乐文件拖到"时间线"窗口，如图 4-38 所示。

（4）执行"图像合成"|"制作影片"命令，出现"影片输出为"对话框。输入文件名"2010 EXPO"，单击"保存"按钮。"时间线"窗口中出现"渲染队列"选项卡，如图 4-39 所示。

图 4-37 "从选择新建合成"对话框

图 4-38 将音乐文件拖到"时间线"窗口

图 4-39 "渲染队列"选项卡

（5）单击"输出组件"右边的"无损"链接，出现"输出组件设置"对话框，如图 4-40 所示。

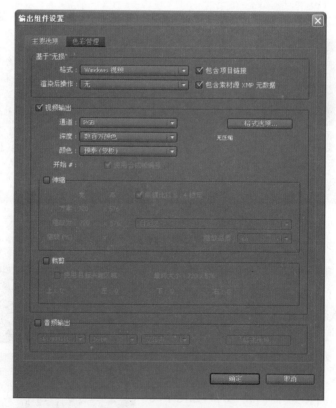

图 4-40 "输出组件设置"对话框

（6）在"格式"下拉列表中选择输出视频格式；单击"格式选项"按钮，选择压缩方式；选择"音频输出"复选框，单击"确定"按钮。

（7）在返回的"渲染队列"选项卡中单击"渲染"按钮，生成影片。

习 题 4

一、填空题

1. 动画和视频都是动态图像,当其中的每帧图像是由人工或计算机产生时,常称为_____。当每帧图像是通过实时摄取自然景象或活动对象产生时,常称为_____。

2. 能够捕获视频得益于数据压缩方法,数据压缩方法有_____压缩和_____压缩两种。

3. 视频压缩一般分为_____和_____压缩、对称和不对称压缩、帧内和帧间压缩三种方式。

4. VCD 采用 MPEG-标准压缩,DVD 采用 MPEG-_____标准压缩。

二、简答题

1. 简述视频压缩的目的。

2. 简述视频压缩的基本依据。

3. 简述数字视频处理技术包括哪些内容。

三、操作题

1. 使用 Camtasia Studio、Adobe Captivate 等屏幕捕获软件对计算机屏幕上的操作内容进行视频捕获。

2. 使用"格式工厂"进行数字视频格式转换。

3. 使用 Windows Movie Maker 进行数字视频编辑。

4. 使用 After Effects CS4 进行数字视频编辑。

第 5 章　数字媒体传输技术

📚 **学习目标**

本章将重点介绍 P2P、流媒体等数字媒体传输技术。
- P2P 技术的基本概念及其应用。
- 流媒体技术的基本概念及主流技术。
- Real 流媒体的生成、编辑、播放与发布。
- Windows Media 流媒体的生成、编辑、播放与发布。

要实现数字媒体的高速传输,必须借助于新兴的数字媒体传输技术。其中,P2P 技术可以使网络上的任何设备平等地直接进行连接和传输,流媒体技术可以在网络上实时地传输和播放音视频等数字媒体内容。

5.1　P2P 技术

20 世纪 80 年代以前的计算机是众多用户共享一台主机,计算资源是集中的;20 世纪 80 年代以后 PC 出现了,计算资源从集中走向分布;WWW 网出现,引进客户端/服务器(Client/Server,C/S)结构,客户端结点使用浏览器访问存储在网站服务器中的内容,出现了不对等的模式;对等网络(Peer to Peer,P2P)模式的出现,使因特网重新回归本性,集中的服务器业务模型再次变成分布的,每一个用户终端既是客户端又是服务器。

5.1.1　P2P 技术概述

在基于 C/S 结构的 Web 应用中,人们通过客户端上的浏览器访问远程网站上的服务器,用户所处理的数据与应用处理软件都存放在服务器上,如图 5-1 所示。

💬 **注意**

◆ 集中计算与存储的架构使每一个中央服务器支持的网站成为一个个的数字孤岛,客户端上的浏览器很容易从一个孤岛轻易跳到另一个孤岛,但是很难在客户端对它们之间的数据进行整合。

◆ 网络的能力和资源(包括存储资源、计算资源、通信资源、信息资源和专家资源)全部集中在中央服务器上,在这种体系架构下,各个中央服务器之间也难以按照用户的要求进行透明的通信和能力的集成,成为网络开放和能力扩展的瓶颈。

与 C/S 网络架构相反,P2P 的网络架构在进行媒体通信时不存在中心节点,节点之间是对等的,每一个节点可以进行对等的通信,各节点同时具有媒体内容的接收、存储、发送、

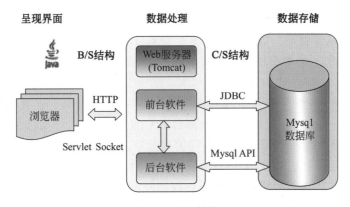

图 5-1　C/S 结构

集成及其对媒体数据的搜索和被搜索功能等,如图 5-2 所示。

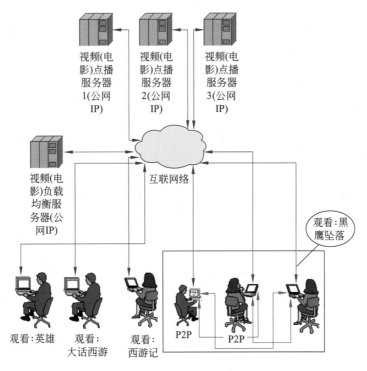

图 5-2　P2P 视频点播

📣 注意

◆ 这种网络架构的优点是各节点的能力和资源可以共享,从理论上说,网络的能力和资源是 P2P 各节点的总和。内容不再集中在网络的中央服务器上,而是分布在靠近用户的网络边缘的各个 P2P 节点上。

◆ P2P 技术的应用使得业务系统从集中向分布进行演化,特别是服务器的分布化,克服了业务节点集中造成的瓶颈,大大降低了系统的建设和使用成本,提高了网络和系统设备的利用率。

FTP 下载和 HTTP 下载都需要用户访问服务器,从服务器开始下载。这样就出现一个问题:"服务器从哪里来?需不需要成本?"答案当然是肯定的,用户需要到服务器下载资源,那么下载者给出一定的费用也就是应该的了,这就是 P2P 技术未盛行时,网络免费资源为什么少的原因。

P2P 技术的出现,使下载者作为下载用户的同时,自己也成了下载服务器。如 A 和 B 都想在 C 上下载一个文件,此时,A 和 B 都会对 C 发出连接,C 把文件的一部分发送给 A,另一部分发送给 B。当 A 和 B 下载了不同的部分后,它们就会互相链接,互相交换自己需要的另一部分。在这个过程中,A 和 B 是完全对等的,不存在服务器和用户的概念,这就是一个 P2P 网络。如果这个网络扩展开,不仅仅局限于 A 和 B,而是成千上万台计算机时,那么每台计算机都可能是资源发布者,同时也是资源下载者。

💬 **注意**

- ◆ 目前 P2P 应用占宽带流量的 50%～60%(白天)和 90%(晚上)。
- ◆ MP3 和视频文件共享下载(如 BitTorrent 多点文件下载、Napster MP3 音乐文件搜索等)的 P2P 流已经成为宽带因特网业务的主流,基于 P2P 的即时通信、因特网电话、网络电视、协同办公发展迅速,对等广播正在兴起,P2P 协同计算方兴未艾。

1. BT

BitTorrent 专门为大容量文件的共享而设计,它采用了一种有点像传销的工作方式。

BT 首先在上传者端把一个文件分成了很多部分,用户甲随机下载了其中的一些部分,而用户乙则随机下载了另外一些部分。这样甲的 BT 就会根据情况(根据与不同计算机之间的网络连接速度自动选择最快的一端)到乙的计算机上去拿乙已经下载好的部分,同样,乙的 BT 就会根据情况到甲的计算机上去拿甲已经下载好的部分,这样不但减轻了服务器端的负荷,也加快了双方的下载速度。

实际上每个用户在下载的同时,也在作为源上传。这种情况有效地利用了上行的带宽,也避免了传统的 FTP 大家都挤到服务器上下载同一个文件的瓶颈。而加入下载的人越多,实际上传的人也越多,其他用户下载得就越快,BT 的优势就体现出来了。

与 FTP、HTTP 下载不同,使用 BT 下载不需要指定服务器,虽然在 BT 里面还是有服务器的概念,但下载的人并不需要关心服务器在哪里。图 5-3 是 FTP、HTTP 下载示意图,图 5-4 是 BT 下载示意图。

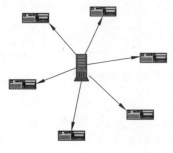

图 5-3　FTP、HTTP 下载

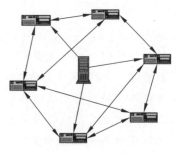

图 5-4　BT 下载

2. Napster

早在 1998 年,美国东北波士顿大学的一年级新生、18 岁的 Shawn Fanning 为能够解决他室友的一个问题——如何在网上找到音乐,编写了一个简单的程序 Napster。

Napster 本身并不提供 MP3 文件的下载,它实际上提供的是整个 Napster 网络的 MP3 文件"目录",而 MP3 文件分布在网络中的每一台机器中,随时供选择取用,下载都是直接连到另外一台机器,传输速度也相当惊人。

Napster 具有强大的搜索功能,可以将在线用户的 MP3 音乐信息进行自动搜寻并分类整理,以备其他用户查询,只要知道喜欢歌曲的名称或演唱者的名称,就可以和全世界乐迷共享丰盛的音乐大餐。可以选择自己要与其他人在网上共享的音乐文件的目录,并且可以与喜欢同样风格音乐的人聊天、在论坛讨论,互相交流,如图 5-5 所示。

图 5-5　Napster

到了 1999 年,这个叫做 Napster 的程序成为了人们争相转告的"杀手程序"——它令无数散布在因特网上的音乐爱好者美梦成真,无数人在一夜之内开始使用 Napster。在最高峰时,Napster 网络有 8000 万的注册用户,这是一个让其他所有网络望尘莫及的数字,是 P2P 软件成功进入人们生活的一个标志。

3. Skype

全球企业即时通信市场规模 2005 年为 2.67 亿美元,2010 年市场将实现翻近两倍的增长,达到 6.88 亿美元。到 2011 年,即时通信工具将取代声音、视频和文本,成为工作人群的主要沟通方式。预计 2013 年,领先跨国公司 95％的职员将把即时通信软件作为他们实时沟通交流的主要工具。

图 5-6 所示的即时通信与因特网电话软件 Skype 具备视频聊天、多人语音会议、多人聊天、传送文件和文字聊天等功能,可以免费高清晰地与其他用户语音对话,也可以拨打国内国际电话,无论是固定电话还是手机均可直接拨打,并且可以实现呼叫转移、短信发送等功能。

Skype 使用"快速追踪"P2P 技术,也称"全球索引(Global Index,GI)"技术,建立超级结

图 5-6　Skype

点重叠网络,构成全球分布式用户数据库。这种 P2P 网络使用了终端本身计算机的处理能力,整个网络的处理能力随着终端数目的增加而增加。连接双方网络顺畅时,音质可能超过普通电话。

4. 网络电视

随着对 P2P 研究的进一步深入,用 P2P 技术可以设计一个运营商级的音视频业务系统,采用 P2P 技术的播放软件成就了网络电视的发展。目前主要的网络电视有 PPLive、PPStream、PPMate、QQLive 和沸点网络电视等。P2P 技术在网络电视领域中如鱼得水,主要体现在以下几方面。

(1) 文件交换,资源共享。

在传统的 Web 方式中,实现文件交换必须要通过服务器,把文件上传到某个特定网站,用户再到该网站搜索需要的文件,然后下载。这种方式需要 Web 服务器能够对大量用户的访问提供有效服务,而在 P2P 模式下,用户可以从任何一个在线用户的计算机中直接下载,从而真正实现了个人计算机与服务器的对等。

(2) 在线交流,即时通信。

通过使用 P2P 客户端软件,用户之间可以进行即时交谈,就网络节目进行讨论,从而实现实时互动。这样,既增加了用户收看网络电视的积极性,又促进了媒体提供者和媒体消费者之间的互动。

（3）快捷搜索,对等连接。

P2P 网络模式中,节点之间的动态而又对等的互联关系,使得搜索可以在对等点之间直接地、实时地进行。既可以保证搜索的实时性,又超越了传统目录式搜索引擎的深度和速度。

5. 协同办公 Groove

Groove 是 Lotus 的创始人从 1997 年开始创办的公司,微软花 1.2 亿美元将其收购,将之并入了 Office System 2007,其功能如图 5-7 所示。

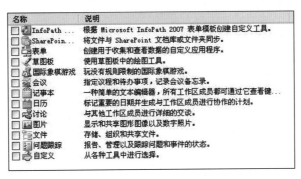

图 5-7　Groove 的功能

Groove 的工作原理就是基于 P2P 来实现协作。在一个项目团队里,每个人只要在自己的计算机安装好 Groove,就可以互相找到对方,创建项目空间,邀请相关的人进入,然后在一个实时同步的空间中共享文件、发表讨论、张贴问题并且回复。当一个项目成员更新了文件或者张贴讨论,都会立即以增量更新传递到其他项目成员的 Groove 里,其他成员就会收到提示,提醒该项目的内容已经更新。项目成员之间还可以即时进行通信,包括公开频道、一对一、一对多的通信。

💬 注意

　　Groove 的伸缩性极强,从小至三四人的小公司到大型的国际公司,都可以使用 Groove。

在许多只有三四人的小型公司,既没有因特网接入,也没有购置服务器,他们只有一个集线器组成的局域网。这种情况下,他们最佳的选择就是 Groove,只要各人安装 Groove,就立即拥有了文件共享、讨论、日历、即时通信等各种办公协作所必须的功能。

在大型的国际公司,经常往返世界各地的员工可以使用 Groove 离线进行工作。任何时候只要接上网络,Groove 就自动通过因特网跟总公司和其他成员的资料同步,实时看到进展情况,交换资料。Groove 还可以作为企业中心服务器的前台客户端,非常适合移动用户。

在安全性方面,Groove 内所有资料的传输和存储都是 192 位加密的。

与传统的 B/S 服务器方式相比,P2P 的办公协作方式具有以下优势。

（1）项目资料确保 100% 可用。

服务器有可能会因为硬件损坏、硬件更换、系统补丁等情况而不得不暂停服务一定时间,在这段时间内,集中存储在服务器的项目资料将暂时无法打开,对项目工作产生一定影响。P2P的协作方式,所有资料同步存储在所有项目成员的硬盘上,即使某个成员的硬盘损坏,也不需要花钱修复数据,只要在新硬盘中装好系统,安装 Groove,所有资料就从其他项目成员那里同步回来了。

(2) 离线使用项目资料。

传统的 B/S 方式,所有资料存储在服务器上,要浏览项目情况和文件,就必须登录服务器,在外出工作,而且无法上网的情况下,要使用项目资料极不方便。采用 P2P 的方式,将资料存储在每一个项目成员的计算机内,对于笔记本式计算机用户则非常方便,任何时候项目的资料都被同步到本地硬盘,不管是开会、出差、外出,都可以随时在计算机本地打开项目资料,而不需要依赖服务器。

如公司主管白天工作忙碌,没有时间看项目资料,那他可以把笔记本式计算机带回家,打开就可以看到这一日所同步过来的项目进展情况,有问题可以立即在离线情况下提出或者进行修改,第二天上班,所有的修改又会通过网络同步给所有其他成员看到。

(3) 立即收到通知并打开。

在使用 Groove 的情况下,所有的更新都实时更新到本地,使用者可以对所关心的某个内容、某个文件进行较高的通知等级,更快地获取更新信息,而且由于文件内容是在本地的,因此能够即时打开而无须等待。

6. 对等广播

P2P 为网络电视媒体提供了一个新的工作模式,用户可以先用 P2P 方式下载内容存储在自己的计算机中,再回放观看。2004 年 6 月,因特网上 P2P 视频流量首次超过音频流量,这表明巨大的、无形的 P2P 文件共享网络正在被用来分发电视节目和电影。有人称之为"因特网历史上的分水岭",表明因特网宽带"对等广播(Peercasting)"兴起和无线电电视广播开始走向衰亡,它对视听媒体的影响就像因特网网站对印刷媒体的影响一样。

2004 年 6 月,BBC 开始进行其"柔性电视(Flexible TV)"第一次有限范围的公共试验。参加试验的用户可以使用"BBC 因特网媒体播放器",下载收看前一周和后一周的 BBC 全部节目。目前,在英国的用户可以通过 IE 浏览器、iPhone、iPod 访问 BBC iPlayer 网站收看 BBC 的节目,如图 5-8 所示。

在"柔性电视"系统中,BBC 没有设置向用户分发节目的中央服务器,而是采用 P2P 的"对等广播"技术。每一个播放器使用对等连接文件 P2P 共享软件,实现向用户网络分发内容。节目文件被分解为很多小的片段,每个用户下载存储若干片段再互相交换,最后每个用户都得到完整的备份。这种方法同时下载用户越多,下载速度越快,所有节目文件实际上被存储在用户终端中。

7. 协同计算

计算机网络技术、通信技术、数字媒体技术和群件技术共同构成了协同计算环境,可以使不同地域、不同时间、不同文化背景的人们能够协调一致地为某项任务而共同工作,这就是协同计算。

Intel 研发的 P2P 协同计算软件 Netbatch 集结了 1 万台工作站的运算能力,利用它们的空闲时间进行协同计算,完成超计算量的工作(如空间探测,分子生物学计算,芯片设计)。Netbatch 每月处理 270 万个作业,自使用 Netbatch 后的 10 年里,Intel 将集合运算能力从

图 5-8　BBC iPlayer 网站

35％提升到 80％以上，相应节约了 5 亿多美元的支出。

8. P2P 内容分发

当大量用户同时访问一个网络时会造成拥塞。P2P 内容分发是指采用 P2P 方法，通过智能结点监视对网站的访问请求，一旦出现超常快速增长，系统自动将页面分发到附近的结点。

9. P2P 网络存储

P2P 网络存储是指将存储对象分散化存放在网络上，而不像现在存放于专用服务器上。这样减轻了服务器的负担，增加了数据的可靠性和传输速度。

P2P 技术的应用导致了网络的边缘化，也就是网络的中心将是各个客户端，而不是服务器。P2P 带来的一个变化就是改变了"内容"所在的位置，内容正在从"中心"走向"边缘"，也就是说，内容将不是存在于几个主要的服务器上，而是存在于所有用户的个人计算机上，这就为网络存储提供了可能性，可以将网络中的剩余存储空间利用起来，实现网络存储。

人们对存储容量的需求是无止境的，提高存储能力的方法包括更换能力更强的存储器，或者把多个存储器用某种方式连接在一起，实现网络并行存储。网络存储比较容易实现，而且价格相对便宜。

🗨️注意

◆ 相对于现有的网络存储系统而言，应用 P2P 技术将会有更大的优势。因为 P2P 技术的主体就是网络中各个客户端，数量是很大的，这些客户端的空闲存储空间是很多的，把这些空间利用起来就可以实现网络存储。

◆ 使用 P2P，数据分别存储在各个节点上，未增加任何额外的开支，实在是一种不可多得的选择。

OceanStore 是一个在全球范围内搭建的海量存储池，提供用户存储服务，用户可以在任何时候、任何地点、通过任何设备接入 Internet，并访问存储在 OceanStore 中的数据，如

图 5-9 所示。

OceanStore 由大量互相连接的存储结点共同组成,其中多数是专用结点,由经营存储服务的公司(或者公司联盟)提供,其他组织也可以被邀请加入服务方,只要他们提供一定数量的存储结点和带宽能力。用户为其在 OceanStore 中占用的存储空间付费,存储的个人数据保证安全,不会泄漏给其他用户,也不会泄漏给系统管理员。当然,用户可以赋予其他用户访问其个人数据的权力。

图 5-9   OceanStore 示意图

在 OceanStore 中,加密的文件被分解成为互相重叠的片断存储在全球各地。即使一些本地的结点损坏,也可以通过一组片断恢复原始的文件。系统为每一个片断分配 ID 码,当用户需要取回其文件时,他的计算机告诉结点寻找最近的所需要片断,将其组装恢复文件。网络存储可以像水、电一样,作为公用事业基础设施来发展,用户付月租就可以在网上存储数据。

注意

> 网络存储充分发挥因特网无所不在的优势,移动电话、PDA、笔记本式计算机、台式机、电视机、各种家电和传感器等都可以通过各种有线或无线接入连接网络取得服务。

5.1.2   P2P 技术体系结构与分类

实现 P2P 的第一步是在因特网上进行检索,找到拥有所需内容的结点;第二步是通过因特网实现对等连接。为了充分发挥因特网无所不在的优势,不能对因特网协议进行任何修改,解决的方法就是在基础的因特网上架设一个 P2P 重叠网。

P2P 重叠网分为"无组织的 P2P 重叠网"和"有组织的 P2P 重叠网"两大类。目前在因特网上广泛使用的大多是无组织的 P2P 重叠网,有组织的 P2P 重叠网目前还处于学术研究阶段,如 Tapestry、Chord、Pastry 和 CAN 等。正在研究的新一代的 P2P 应用包括多播、网络存储等都运行在这种有组织的 P2P 重叠网上。

注意

> 无组织的 P2P 重叠网已经演进了 4 代:
>
> ◆ 第一代 P2P 采用中央控制网络体系结构,早期的 Napster 就采用这种结构;
>
> ◆ 第二代 P2P 采用分散分布网络体系结构,适合在自组织网上的应用,如即时通信等;
>
> ◆ 第三代 P2P 采用混合网络体系结构,这种模式综合第一代和第二代的优点,用分布的超级结点取代中央检索服务器,目前常用的 P2P 软件 BitTorrent 等都属于此类;
>
> ◆ 第四代 P2P 目前正在发展中,主要发展技术有动态口选择和双向流下载。

1. 中央控制网络体系结构——集中目录式结构

集中目录式结构采用中央服务器管理 P2P 各节点,P2P 节点向中央目录服务器注册关于自身的信息(名称、地址、资源和元数据),但所有内容存储在各个节点而非服务器上,查询节点根据目录服务器中信息的查询以及网络流量和延迟等信息来选择与定位其他对等点并直接建立连接,而不必经过中央目录服务器进行。

集中目录式结构的优点是提高网络的可管理性,使共享资源的查找和更新非常方便;缺点是网络的稳定性(若服务器失效,则该服务器下的对等节点全部失效)。

2. 分散分布网络体系结构——纯 P2P 网络结构

纯 P2P 网络结构也被称作广播式的 P2P 模型,它没有集中的中央目录服务器,每个用户随机接入网络,并与自己相邻的一组邻居节点通过端到端连接构成一个逻辑覆盖的网络。对等节点之间的内容查询和内容共享都是直接通过相邻节点广播接力传递,同时每个节点还会记录搜索轨迹,以防止搜索环路的产生。

纯 P2P 网络结构解决了网络结构中心化的问题,扩展性和容错性较好。由于没有一个对等节点知道整个网络的结构,网络中的搜索算法以泛洪的方式进行,控制信息的泛滥消耗了大量带宽并很快造成网络拥塞甚至网络的不稳定,从而导致整个网络的可用性较差。另外,这类系统更容易受到垃圾信息,甚至是病毒的恶意攻击。

3. 混合网络体系结构——混合式网络结构

混合式网络结构综合了纯 P2P 去中心化和集中式 P2P 快速查找的优势。

按节点能力不同(计算能力、内存大小、连接带宽和网络滞留时间等)区分为普通节点和搜索节点两类。搜索节点与其临近的若干普通节点之间构成一个自治的簇,簇内采用基于集中目录式的 P2P 模式,而整个 P2P 网络中各个不同的簇之间再通过纯 P2P 的模式将搜索节点连接起来。可以在各个搜索节点之间再次选取性能最优的节点,或者另外引入一个新的、性能最优的节点,作为索引节点来保存整个网络中可以利用的搜索节点信息,并且负责维护整个网络的结构。

由于普通节点的文件搜索先在本地所属的簇内进行,因此只有在查询结果不充分的时候,再通过搜索节点之间进行有限的泛洪。这样就极为有效地消除了纯 P2P 结构中使用泛洪算法带来的网络拥塞、搜索迟缓等不利影响。同时,由于每个簇中的搜索节点监控着所有普通节点的行为,能确保一些恶意的攻击行为在网络局部得到控制,在一定程度上提高了整个网络的负载平衡。

4. 发展中的 P2P 技术

第四代 P2P 在原有技术的基础上作了改进,提出和应用了一些新技术措施,典型的有动态口选择和双向下载。

(1)动态口选择。

目前的 P2P 应用一般使用固定的端口,但是一些公司已经开始引入协议,可以动态选择传输端口,一般在 1024~4000 之间。甚至 P2P 流可以用原来用于 HTTP(SMTP)的 80(25)端口来传输以便隐藏,这将使得识别跨运营商网络的 P2P 流、掌握其流量变得更困难。

(2)双向下载。

BT 等公司进一步发展引入双向下载。这项技术可以多路并行下载和上传一个文件,和/或多路并行下载一个文件的一部分。而目前传统的体系结构要求目标在完全下载后才能开始上传,这将大大加快文件分发速度。

5.2 流媒体技术

数字媒体信息的数据量非常大,如一分钟的 WAV 文件需要 10MB 左右的磁盘空间,一分钟的 AVI 视频文件需要约 240MB 的磁盘空间。如此大的文件要在 Internet 上传输,对于浏览者来说是不能忍受的。流媒体(Streaming Media)技术可以解决人们对数字媒体的需求与网络带宽之间的矛盾。

5.2.1 流媒体技术概述

流媒体技术是一种可以使音频、视频和其他数字媒体信息在 Internet 上以实时的、无须下载等待的方式进行播放的技术。流式传输方式通过特殊的压缩方法将动画、视频和音频等数字媒体文件分成一个个的压缩包,然后由服务器向用户计算机连续、实时地传送。

如果将文件传输看作是一次接水的过程,下载传输方式就像是对用户做了一个规定,必须等到一桶水接满后才能使用,这个等待的时间自然要受到水流量大小和桶大小的影响。流式传输方式则是打开水龙头,等待一小会,水就会源源不断地流出来,不管水流量的大小,也不管桶的大小,用户都可以随时用上水。从这个意义上看,流媒体这个词是非常形象的。

在采用流式传输方式的系统中,用户不必等到整个文件全部下载完毕后才能看到其中的内容,而是在使用者的计算机上创建一个缓冲区,在播放前预先下载一段资料作为缓冲。这样,只需经过几秒或几十秒的启动延时,就可以在用户的计算机上使用相应的播放器或其他软硬件,对压缩的动画、视频和音频等流式数字媒体文件解压,然后实现播放和观看,流媒体文件的剩余部分将在后台服务器内继续下载。这种边接收边处理的方式很好地解决了数字媒体信息在网络上的传输问题。使用者可以不必等待太长的时间,就能收听、收看到数字媒体信息,并且在此之后一边播放,一边接收。

> **注意**
>
> 到目前为止,流媒体主要有三大主流系统:
> ◆ Real Networks 公司的 Real System;
> ◆ Microsoft 公司的 Windows Media;
> ◆ Apple 公司的 QuickTime。

5.2.2 Real 流媒体

Real Networks 公司在 20 世纪 90 年代中期首先推出了流媒体技术,其产品线相当齐全,包括服务器端软件 Helix Server、制作工具 RealProducer、编辑工具 RealMedia Editor 和客户端软件 RealPlayer SP 等。访问其官方网站 http://www.realnetworks.com,在 Free & Trial Products 板块中可以下载免费版的相关软件,如图 5-10 所示。

其中,Helix Server 需要软件使用许可文件。在图 5-10 的 DOWNLOAD 中单击 Helix Server(30 Days)超链接,填写图 5-11 所示的表单,Real Networks 会将许可文件发到填写的

图 5-10 下载资源

邮箱中。

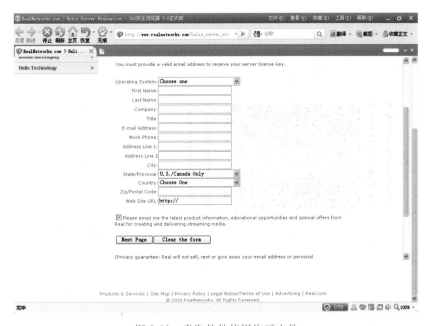

图 5-11 索取软件使用许可文件

1. 生成 Real 流媒体

使用 Producer 可以将其他格式的多媒体文件转换为 Real 流媒体,也可以直接生成 Real 格式的流媒体文件,还可以在编码的同时立即发送到 Helix Server 进行直播。

【例 5-1】 将其他格式文件转换为 RM 文件。

(1) 打开 Helix Producer Plus 9,执行"文件"|"新建工作"命令,在图 5-12 所示的主界

面中单击"浏览"按钮,出现 Select Input File 对话框。

图 5-12　Helix Producer Plus 9 的主界面

(2) 在 Select Input File 对话框中选择要转换的文件,单击"打开"按钮,导入文件后的界面如图 5-13 所示。

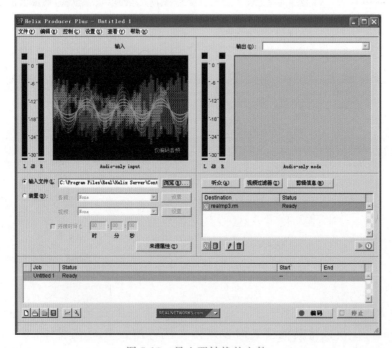

图 5-13　导入要转换的文件

(3) 执行"文件"|"添加文件目的地"命令,出现"另存为"对话框,设定编码后的文件名

和存放位置,单击"保存"按钮,返回到主界面。

(4) 单击"编码"按钮开始编码,在主界面上方的"输入"、"输出"区域中可以看到编码效果,如图5-14所示。

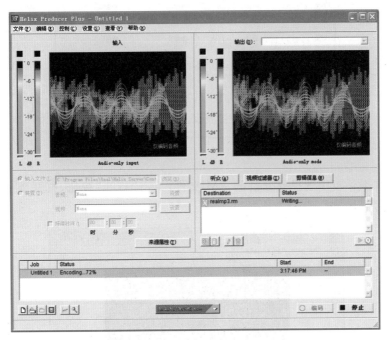

图 5-14　编码过程

【例 5-2】　将直播音频生成 RM 文件。

(1) 打开 Helix Producer Plus 9,执行"文件"|"新建工作"命令,在主界面的输入设置区中选择"装置"单选按钮,然后在"音频"下拉列表中选择计算机的声卡,如图5-15所示。

图 5-15　选择音频设备

(2) 单击"设置"按钮,执行弹出菜单中的 Recording Mixer 命令,打开"录音控制"对话框,如图5-16所示。

(3) 选择 Stereo Mix(混音器)作为音频信号的来源,关闭"录音控制"对话框,返回 Helix Producer 主界面。后续操作同上例。

2. 编辑 Real 流媒体

使用 RealMedia Editor 可以对 Real 流媒体文件进行分割、合并、修改文件信息等操作。

【例 5-3】　RM 文件的分割。

(1) 运行 RealMedia Editor,执行 File | Open RealMedia File 命令,在出现的 Open

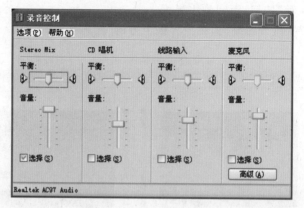

图 5-16　"录音控制"对话框

RealMedia File 对话框中选择要分割的 RM 文件，单击"打开"按钮，打开要分割的 RM 文件，如图 5-17 所示。

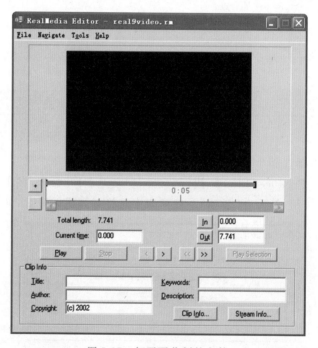

图 5-17　打开要分割的文件

（2）单击 Play 按钮，播放到合适位置后单击 Stop 按钮停止播放。然后单击 In 按钮，将当前位置确定为开始点。

（3）单击 Play 按钮继续播放，播放到合适位置后单击 Stop 按钮停止播放。然后单击 Out 按钮，将当前位置确定为结束点。

注意

也可以拖动红色标线到相应位置，然后单击 In 按钮、Out 按钮确定开始点和结束点。

（4）执行 File|Save RealMedia File As 命令，保存这段截取的 RM 文件。

【例 5-4】　RM 文件的合并。

（1）打开 RM 文件，执行 File ｜ Append RealMedia File 命令，在出现的对话框中选择其他 RM 文件，单击"打开"按钮。

（2）执行 File ｜ Save RealMedia File As 命令，保存合并后的 RM 文件。

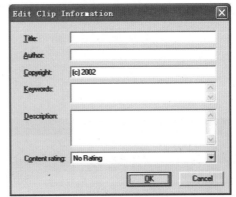

【例 5-5】　修改 RM 文件信息。

（1）执行 Tools ｜ Clip Info 命令，出现图 5-18 所示的对话框。

（2）在对话框中可以直接修改 Title（标题）、Author(作者)等信息。

图 5-18　编辑参数

3. 播放 Real 流媒体

目前，主流的播放器均可播放 Real 流媒体文件。RealPlayer SP 是 Real Networks 公司发布的播放器，支持 BlackBerry、Nokia S60、iPhone、iPod 和 Xbox 等主流终端，还可以通过开心网、Facebook 等 SNS 社交平台实现视频分享。能实现在线视频一键下载，播放质量更加出色，并集成最新影音在线内容，如图 5-19 所示。

图 5-19　RealPlayer SP 播放器

RealPlayer SP 支持的格式进一步丰富，可以将音频从视频中分离，作为独立文件单独保存，并可通过 RealPlayer Converter 实现格式转换，步骤如下。

（1）执行"开始"|"程序"|Real|RealPlayer Converter 命令，出现图 5-20 所示的界面。

（2）单击"转换为："下方的按钮，出现图 5-21 所示界面，可以将打开的文件转换成其他格式。

图 5-20　RealPlayer Converter 界面　　　　图 5-21　文件格式转换

4. 发布 Real 流媒体

Helix Server 是发布 Real 流媒体的服务器端软件,安装完成后,启动 Helix Server,运行 Helix Server Administrator,在打开的窗口中可以实现点播功能,同 Helix Producer 一起可以实现直播功能。

注意

安装 Helix Server 需要安装文件和软件使用许可文件。

【例 5-6】　安装 Helix Server。

(1) 双击安装文件,在弹出的界面中单击 Next 按钮,出现图 5-22 所示的对话框,要求输入许可文件的路径。

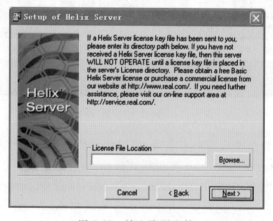

图 5-22　输入许可文件

（2）输入许可文件后，单击 Next 按钮，出现图 5-23 所示的对话框。

图 5-23 接受协议对话框

（3）单击 Accept 按钮，出现选择 Helix Server 安装目录对话框。输入安装目录后单击 Next 按钮，出现图 5-24 所示对话框。

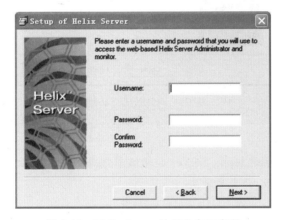

图 5-24 Helix Server 的用户名和密码

（4）输入 Helix Server 管理员的用户名和密码，单击 Next 按钮，出现图 5-25 所示对话框。

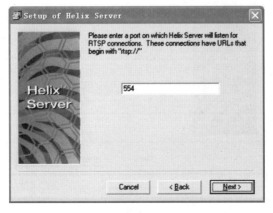

图 5-25 设置 RTSP 端口

注意

管理员的用户名和密码必须牢记,在登录 Helix Server 管理器时需要。

注意

RTSP 端口主要用于 Helix Server、RealPlayer 和 QuickTime Player 之间的通信,是最重要、最常用的端口。

(5) 接受默认值 554,单击 Next 按钮,出现图 5-26 所示对话框。

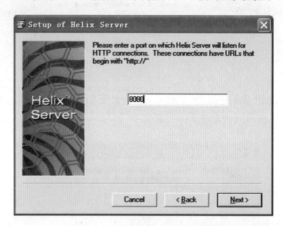

图 5-26 设置 HTTP 端口

注意

HTTP 端口用于连接 Helix Server 和网络浏览器之间的通信,这个端口的默认值为 80,如果安装了 IIS 的话,会发生冲突。

(6) 将端口值改为 8080,单击 Next 按钮,出现图 5-27 所示对话框。

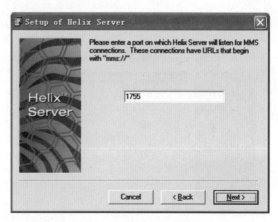

图 5-27 设置 MMS 端口

🗨️注意

MMS 端口主要用于 Helix Server 和 Windows Media Player 之间的通信,保留其默认值 1755。

（7）单击 Next 按钮,出现图 5-28 所示对话框。

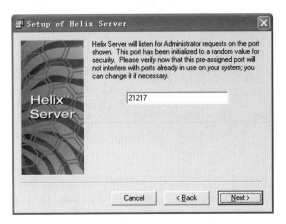

图 5-28　设置 Admin 端口

🗨️注意

Admin 端口用于 Helix Server 和 Helix Server 管理器之间的通信,基于安全上的考虑,这个端口是随机产生的,因此要记住该值。

（8）单击 Next 按钮,出现图 5-29 所示对话框。

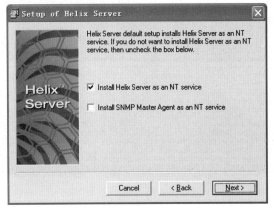

图 5-29　将 Helix Server 作为 NT 操作系统的服务安装

🗨️注意

默认将 Helix Server 作为 NT 操作系统的服务安装,可以给 Helix Server 的启动、关闭带来方便。

(9) 单击 Next 按钮,出现图 5-30 所示对话框。

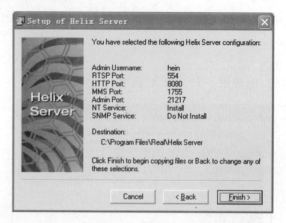

图 5-30　设置汇总

🗨 注意

所有的设置在图 5-30 中显示,如果设置不对,可以单击 Back 按钮返回。

(10) 单击 Finish 按钮,完成 Helix Server 的安装。

【例 5-7】　使用 Helix Server。

(1) 执行"开始"|"程序"| Helix Server| Helix Server 命令,出现图 5-31 所示的命令行窗口。初始化结束后,关闭命令行窗口即可。

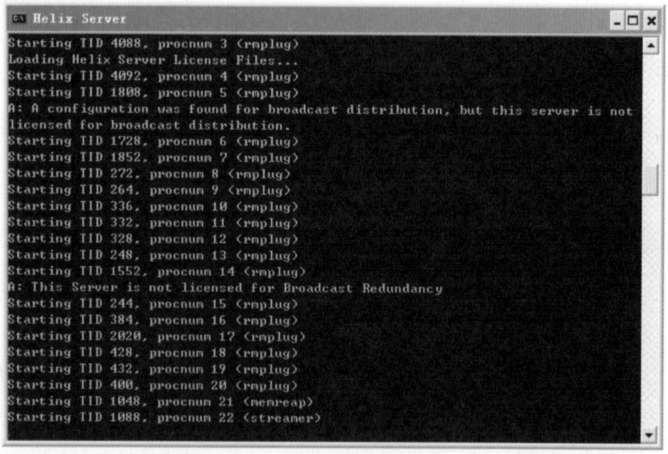

图 5-31　初始化软件

🗨 注意

◆ 安装 Helix Server 后,首先要初始化软件。

◆ 该操作只需一次,以后不再需要。

(2) 执行"开始"|"程序"| Helix Server| Helix Server Administrator 命令,出现图 5-32

所示的登录对话框。

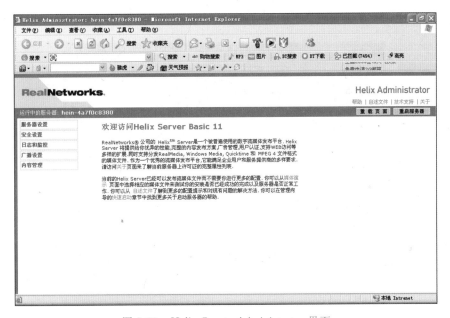

图 5-32 登录对话框

（3）输入安装 Helix Server 时设置的用户名和密码，单击"确定"按钮，出现图 5-33 所示的 Administrator 界面。

图 5-33 Helix Server Administrator 界面

💬 注意

◆ 执行"服务器设置"|"端口"命令，可以对服务器的端口进行重新设置。

◆ 执行"服务器设置"|"媒体演示"命令，可以对 RealVideo 9、Flash 4、RealPix、RealText、SMIL、MPEG-1、MP3、MPEG-4、QuickTime 和 Windows Media 等媒体进行演示。

◆ 此外，还可以实现安全设置、日志监控、广播设置和内容管理等功能。

【例 5-8】 通过 Real Player 点播 RM 文件。

（1）将要点播的文件 real9video.rm 放置在 Helix Server 默认的文件夹 Program Files\

Real\Helix Server\Content 下。

（2）在 Real Player 中执行"文件"|"打开"命令，出现"打开"对话框，输入"rtsp://127.0.0.1/real9video.rm"，如图 5-34 所示。

图 5-34 打开指定文件

（3）单击"确定"按钮，在 Real 播放器中播放指定的文件。

【例 5-9】 通过 Real Player 直播 Real 音频。

（1）在 Producer 中执行"文件"|"新建工作"命令，在输入设置区中选择"装置"单选按钮，然后在"音频"下拉列表中选择计算机的声卡。

（2）执行"文件"|"添加服务器目的地"命令，出现图 5-35 所示对话框。

图 5-35 指定服务器目的地

💬 注意

将 Producer 输出指定为 Helix Server，可以实现直播功能。

（3）输入"目的名称"为"Helix"、"流名称"为"broadcast.rm"。对于本机，在 Server address 文本框中输入"127.0.0.1"，输入安装 Helix Server 时使用的端口 8080 和用户名、密码，单击"确定"按钮，Producer 的目标窗口中出现该项目，如图 5-36 所示。

（4）打开 Real Player 播放器，执行"文件"|"打开"命令，输入"rtsp://127.0.0.1/

broadcast/broadcast. rm",如图 5-37 所示。

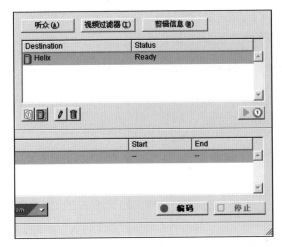

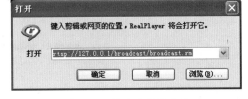

图 5-36 添加直播项目 　　　　　　　图 5-37 输入直播流名称

（5）单击图 5-36 中的"编码"按钮，等到其 Status 从 Ready 变为 Broadcasting，单击图 5-37 中的"确定"按钮即可。

5.2.3 Windows Media 流媒体

Microsoft 的 Windows Media 流媒体也提供了颇为完整的产品线，包括制作端的 Windows Media 编码器和文件编辑器、服务器端的 Windows Media 服务器以及客户端的 Windows Media Player 等。

1. 生成 Windows Media 流媒体

使用 Windows Media 编码器可以将实时的音频、视频直接生成 WMA、WMV、ASF 文件，也可以将其他格式的音频、视频文件转换为 Windows Media 格式的流媒体文件。通过 Windows Media 编码器与 Windows Media Server 的结合，还可以向客户计算机输送实况内容，完成音频、视频的直播。

【例 5-10】 捕获视频内容生成流媒体文件。

（1）运行 Windows Media 编码器，默认情况下出现"新建会话"对话框，如图 5-38 所示。

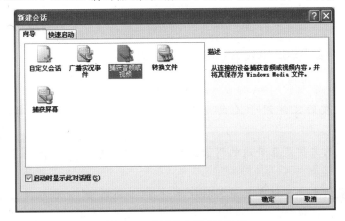

图 5-38 "新建会话"对话框

（2）在"向导"选项卡中选择"捕获音频或视频"选项，单击"确定"按钮，出现"新建会话向导"对话框，如图 5-39 所示。

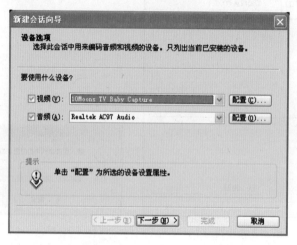

图 5-39　"新建会话向导"对话框

（3）选择"视频"和"音频"复选框，并在其后的下拉列表中选择相应的设备，单击"下一步"按钮，在图 5-40 所示的"输出文件"对话框中选择存放流媒体文件的位置。

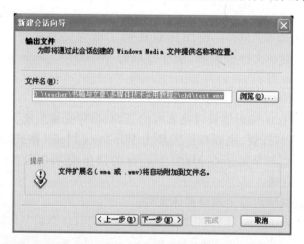

图 5-40　选择存放文件的位置

（4）单击"下一步"按钮，出现图 5-41 所示的"内容分发"对话框。

注意

◆ 如果所生成的文件用于流式处理，选择"Windows Media 服务器（流式处理）"选项；

◆ 如果生成的文件是在普通的网页上供用户下载，选择"Web 服务器（渐进式下载）"选项；

◆ 如果生成的文件是供在其他各种硬件设备（如机顶盒、无线手持设备和 DVD 播放机）上播放，选择"Windows Media 硬件配置文件"选项。

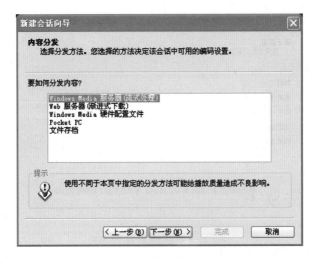

图 5-41 选择内容分发方法

(5) 选择"Windows Media 服务器(流式处理)"选项,单击"下一步"按钮,出现图 5-42 所示的"编码选项"对话框。

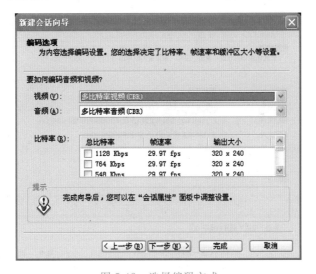

图 5-42 选择编码方式

注意

◆ 多比特率编码就是编码的媒体流中包含不同比特率编码的多个流(音频、视频和脚本)的文件;

◆ 当多比特 Windows Media 文件传输时,由 Windows Media 服务器和 Windows Media Player 选择最适合当前带宽状况的流;

◆ 客户端播放时,用户将接收到与其当前网络连接速度相符的媒体流,这就是智能流技术。

(6) 选择所需的比特率,单击"下一步"按钮,出现图 5-43 所示的"显示信息"对话框。

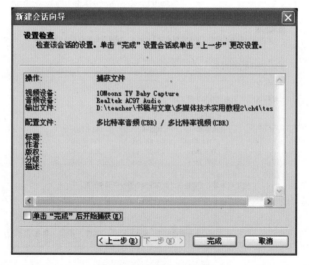

图 5-43　编辑显示信息

（7）输入的信息可以在使用 Windows Media Player 播放时启用字幕查看到。单击"下一步"按钮，出现图 5-44 所示的"设置检查"对话框。

图 5-44　显示会话设置

 注意

　　检查会话设置，若有问题，单击"上一步"按钮，重新设置。

（8）单击"完成"按钮，出现图 5-45 所示的 Windows Media 编码器操作界面。

（9）单击"开始编码"按钮，出现图 5-46 所示界面，捕获视频内容。

（10）单击"停止"按钮，完成视频捕获，出现"编码结果"对话框，如图 5-47 所示。

（11）关闭 Windows Media 编码器，出现图 5-48 所示对话框。如果在以后的使用中还想用到同样的设置，单击"是"按钮，将设置好的会话保存为 .wme 文件，以便今后继续使用。

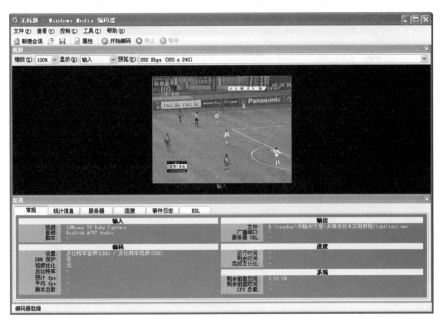

图 5-45　Windows Media 编码器操作界面

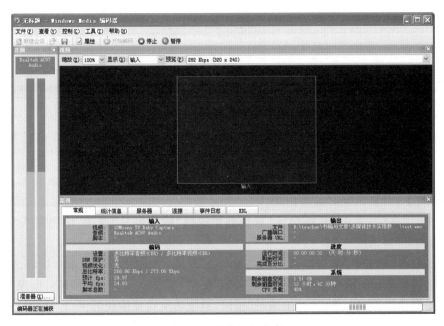

图 5-46　捕获视频内容

【例 5-11】　将已有媒体文件转换为流媒体文件。

（1）在图 5-38 所示的"新建会话"对话框中选择"转换文件"选项，出现图 5-49 所示的"新建会话向导"对话框。

（2）选择源文件和输出文件，一路单击"下一步"按钮，进行编码选择、显示信息编辑等操作，其内容基本同例 5-10。最后单击"完成"按钮，出现 Windows Media 编码器操作界面。单击"开始编码"按钮，系统开始转换文件。

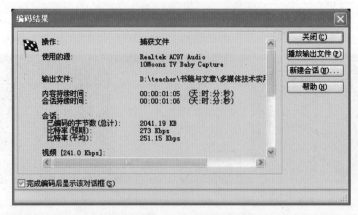

图 5-47　"编码结果"对话框

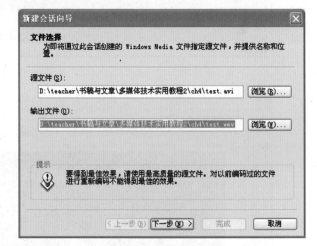

图 5-48　保存会话对话框　　　　　　图 5-49　转换文件向导

【例 5-12】　计算机实时屏幕捕获。

（1）在图 5-38 所示的"新建会话"对话框中选择"捕获屏幕"选项，出现图 5-50 所示的"新建会话向导"对话框。

（2）选择"特定窗口"单选按钮，单击"下一步"按钮，出现图 5-51 所示对话框。

（3）选择要捕获的窗口，一路单击"下一步"按钮，最后单击"完成"按钮，出现 Windows Media 编码器操作界面。单击"开始编码"按钮，系统切换到要捕获的窗口，将相应的操作过程记录为视频文件。

 注意

在图 5-50 中选择"从默认的音频设备捕获音频"复选框，可以在记录操作过程的同时捕获解说。

（4）按同样方法，可以将对整个屏幕或指定区域的操作过程捕获，保存为视频文件。

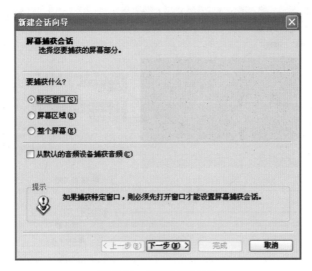

图 5-50 捕获屏幕向导

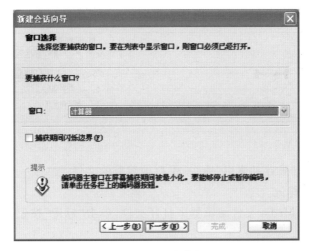

图 5-51 选择捕获窗口

🗨️**注意**

在图 5-38 所示的"新建会话"对话框中选择"广播实况事件"选项，可以将音视频内容进行实时编码，然后传递到 Windows Media 服务器，由服务器发送出去，实现音视频的直播。

2. 编辑 Windows Media 流媒体

Windows Media 文件编辑器是 Windows Media 自带的实用工具，可以编辑扩展名为 WMV、WMA 和 ASF 的 Windows Media 文件。

【例 5-13】 剪裁文件。

(1) 在 Windows Media 文件编辑器中打开要剪裁的流媒体文件，如图 5-52 所示。

(2) 在预览窗口中单击播放按钮，播放至相应位置时单击"标记切入"按钮，设定剪裁文

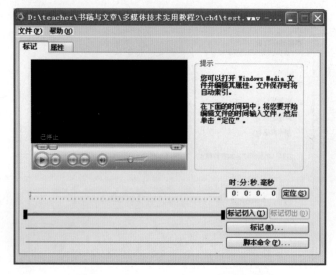

图 5-52　Windows Media 文件编辑器

件的起点；单击"标记切出"按钮，设定剪裁文件的终点，如图 5-53 所示。

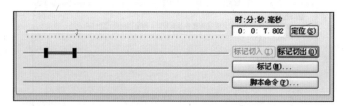

图 5-53　设定剪裁文件的起点和终点

（3）执行"文件"|"另存并索引"命令，保存剪裁后的文件。

【例 5-14】　建立标记。

（1）在 Windows Media 文件编辑器中打开文件，单击"标记"按钮，出现图 5-54 所示的"标记"对话框。

（2）单击"添加"按钮，出现图 5-55 所示的"标记属性"对话框。

图 5-54　"标记"对话框

图 5-55　"标记属性"对话框

（3）在流媒体文件对应的时间点处设置名称，如"片断 1"。单击"确定"按钮，返回主界面，保存文件。

（4）用 Window Media Player 打开该文件，执行"查看"|"文件标记"命令，可以看到添加的标记"片断1"，如图 5-56 所示。单击标记，流媒体文件就会跳转到标记对应的时间点播放。

图 5-56　Windows Media Player 播放带有标记的流媒体文件

【例 5-15】　添加脚本命令。

（1）在 Windows Media 文件编辑器中打开文件，单击"脚本命令"按钮，出现图 5-57 所示的"脚本命令"对话框。

图 5-57　"脚本命令"对话框

（2）单击"添加"按钮，出现图 5-58 所示的"脚本命令属性"对话框。

（3）在"时间"文本框中输入设定的时间，在"参数"文本框中输入要链接的网站地址，单击"确定"按钮，保存文件。

（4）在 Windows Media Player 中执行"工具"|"选项"命令，在"选项"对话框的"安全"选项卡中选中"如果提供了脚本命令，请运行它们"复选框，如图 5-59 所示。

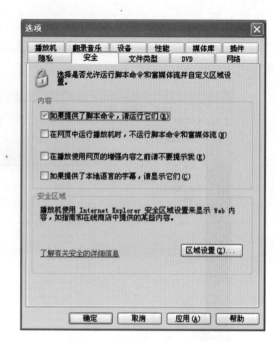

图 5-58　"脚本命令属性"对话框　　　　　图 5-59　设置"选项"对话框

（5）单击"确定"按钮，完成脚本设置。运行该文件，播放到指定的时间（图 5-58 中为 1s)时，自动跳出浏览器窗口，链接到脚本设置的网站。

3. 播放 Windows Media 流媒体

除了使用 Windows Media Player 以外，其他主流播放器均可播放 Windows Media 流媒体文件。

4. 发布 Windows Media 流媒体

Windows Media 流媒体的发布通过 Windows Media Server 实现。

【例 5-16】 安装 Windows Media Server。

（1）在 Windows Server 中执行"控制面板"|"添加/删除程序"|"添加/删除 Windows 组件"命令，出现图 5-60 所示的 Windows Components Wizard(Windows 组件向导)对话框。

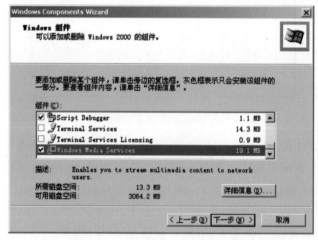

图 5-60　安装 Windows Media Server

（·2）选中 Windows Media Services 复选框，单击"下一步"按钮进行安装。安装完毕后，在 C 盘下自动建立一个 ASFRoot 目录，目录中是一些系统自带的 ASF 文件。

【**例 5-17**】　启动 Windows Media Server。

（1）执行"开始"|"程序"|Administrative Tools|Services 命令，启动服务管理器，如图 5-61 所示。

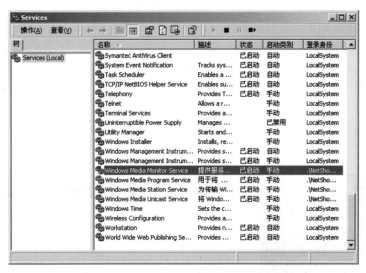

图 5-61　服务管理器

（2）将其中的 Windows Media Monitor Service、Windows Media Program Service、Windows Media Station Service 和 Windows Media Unicast Services 这 4 项服务启动，方法是选择要启动的服务，单击 ▶ 按钮，启动完成后该项目的状态属性标记为"已启动"。

（3）执行 Administrative Tools|Windows Media 命令，出现 Windows Media 管理器，如图 5-62 所示。

图 5-62　Windows Media 管理器

（4）在 Windows Media Player 中输入"mms：//127.0.0.1/sample.asf"就可以连接服务器，播放 C：\ASFRoot 目录下的指定文件了，这说明 Windows Media 安装成功并通过了测试。

注意

◆ MMS(Microsoft Media Server)协议是微软提供的专门用于访问 Windows Media 发布点上单播内容的协议。

◆ MMS 是连接 Windows Media 单播服务的默认方法，通过 Windows Media Player 访问服务器上的流媒体文件时必须使用 MMS 协议。

【例 5-18】 点播功能的实现。

（1）单击 Windows Media 管理器左侧 Configure Server（配置服务器）下的 Unicast Publishing Points（单播发布点），出现图 5-63 所示的窗口。

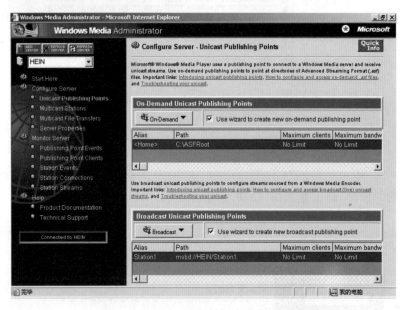

图 5-63　设置单播发布点

（2）单击 On-Demand（点播）按钮，执行弹出菜单中的 New 命令，出现图 5-64 所示的对话框。

（3）单击 Next 按钮，出现图 5-65 所示的 QuickStart Wizard（快速启动向导）对话框。

（4）选择 Create a publishing point（创建一个发布点）单选按钮，单击 Next 按钮，出现图 5-66 所示的对话框。

（5）在 Alias 文本框中填入别名"test"，单击 Browse 按钮选择存储流媒体文件的路径，单击 Next 按钮，出现图 5-67 所示的对话框。

（6）选择文件，单击 Next 按钮，出现图 5-68 所示的对话框。

（7）在本地机上试验可以单击 Change Server 按钮，出现图 5-69 所示的更改服务器对话框。

图 5-64 快速启动向导

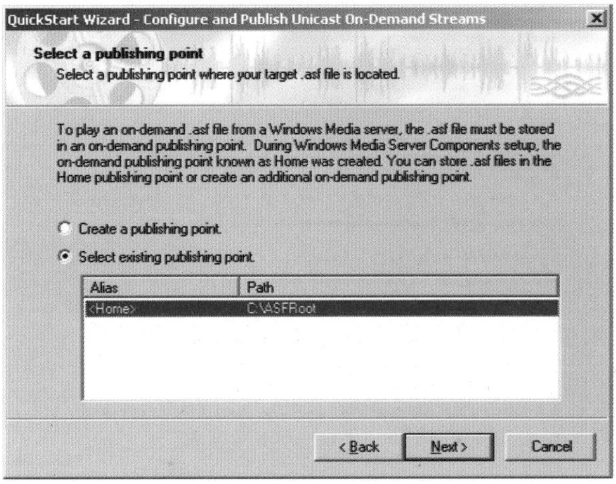

图 5-65 选择发布点

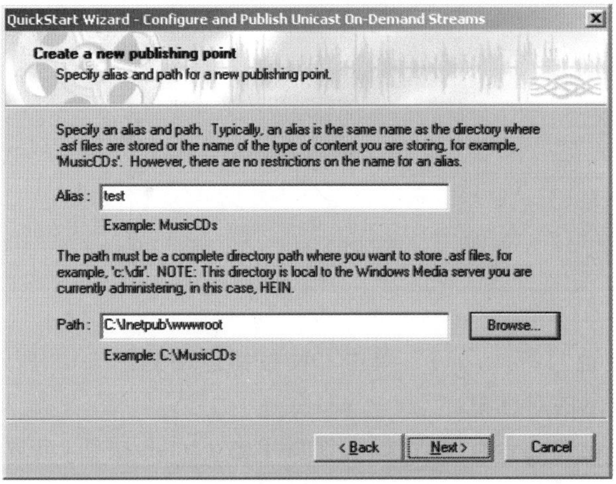

图 5-66 为发布点指定别名和路径

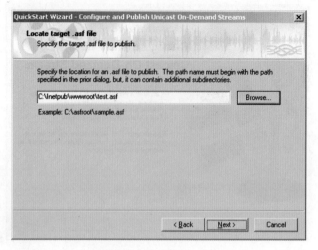

图 5-67　指定目标文件

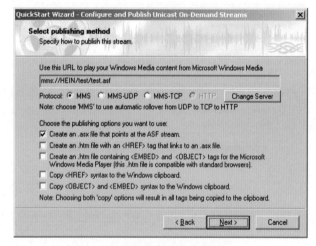

图 5-68　选择发布方式

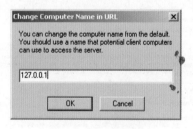

图 5-69　更改服务器

（8）填入本机地址"127.0.0.1"，单击 OK 按钮返回到图 5-68 所示的界面，单击 Next 按钮，出现图 5-70 所示的对话框。

（9）检查前面的设置是否有错，正确无误后单击 Finish 按钮，出现保存文件对话框，如图 5-71 所示。

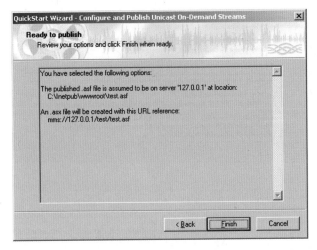

图 5-70 选项检查对话框

图 5-71 保存 ASX 文件

💬注意

◆ ASX 文件是一个文本文件,它的主要目的是对流信息进行重定向。

◆ 在 ASX 文件中包含了与媒体内容对应的 URL,在 HTML 中通过超链接访问 ASX 文件时,浏览器会直接将 ASX 的内容送给 Windows Media Player,而 Windows Media Player 则根据 ASX 文件的内容用相应的协议打开指定位置上的流媒体或多媒体文件。

◆ 利用 ASX 文件重定向流媒体的原因是:目前的浏览器不直接支持用于播放流媒体的 MMS 协议,采用了 ASX 文件后,当浏览器发现一个链接与 ASX 有关时,它就会启动 Windows Media Player,使用 MMS 协议播放流媒体。

(10) 将 ASX 文件保存在与 ASF 文件同一目录下,单击"保存"按钮,出现图 5-72 所示的对话框。

💬注意

单击 Test URL 或 Test.asx 按钮,可以检查前面的配置是否正确,如果有错,单击 Restart 按钮重新设置。

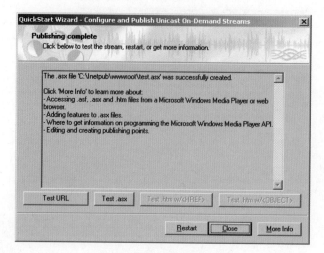

图 5-72　发布完成

（11）单击 Close 按钮，在 Windows Media Administrator 的点播站点列表中出现一个 test 站点，如图 5-73 所示。

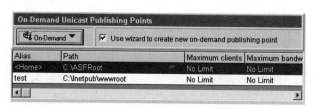

图 5-73　添加的站点

（12）运行 Windows Media Player，执行"文件"|"打开 URL"命令，在图 5-74 所示的对话框中输入"mms://127.0.0.1/test.asf"，即可实现点播功能。

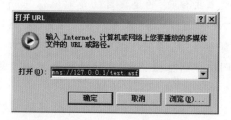

图 5-74　点播的实现

习　题　5

一、填空题

1. P2P 的网络架构在进行媒体通信时不存在_____节点，节点之间是_____的，每一个节点可以进行对等的通信，各节点同时具有媒体内容的_____、_____、_____、_____及其对媒体数据的搜索和被搜索功能等。

2. _____程序是 P2P 软件成功进入人们生活的一个标志。

3. 实现 P2P 的第一步是在因特网上进行_____,找到拥有所需内容和计算力的结点的_____,第二步是通过因特网实现_____连接。为了充分发挥因特网无所不在的优势,不能对因特网协议进行任何修改,解决的方法就是在基础的因特网上架设一个_____P2P。

4. 第一代 P2P 网络采用_____网络体系结构,早期的_____就采用这种结构;第二代 P2P 采用_____网络体系结构,适合在自组织网上的应用,如_____等;第三代 P2P 采用_____网络体系结构,这种模式综合第一代和第二代的优点,用分布的超级结点取代中央检索服务器,目前常用的 P2P 软件_____等都属于此类;第四代 P2P 目前正在发展中,主要发展技术有动态口选择和双向下载。

5. 流媒体格式主要有 Real Networks 公司的_____、Microsoft 公司的_____ 和 Apple 公司的_____。

6. Real 流媒体产品包括服务器端软件_____、制作工具_____、编辑工具_____、客户端软件_____等。

7. Windows Media 流媒体产品包括服务器端软件_____、制作工具_____、编辑工具_____、客户端软件_____等。

二、简答题

1. 简述 P2P 网络中计算机的工作方式。

2. 典型的 P2P 应用包括哪些?

3. 什么是流媒体技术?

三、操作题

1. 使用 Producer 将其他格式的多媒体文件转换为 Real 格式。

2. 使用 Producer 录制 Real 格式的音频文件。

3. 使用 RealMedia Editor 编辑 Real 流媒体文件。

4. 使用 RealPlayer Converter 实现文件格式转换。

5. 使用 Helix Server 实现 RM 文件的点播和 Real 音频的直播。

6. 使用 Windows Media 编码器将视频内容生成流媒体文件。

7. 使用 Windows Media 编码器将已有媒体文件转换为流媒体文件。

8. 使用 Windows Media 编码器实现计算机实时屏幕捕获。

9. 使用 Windows Media 文件编辑器剪裁部分文件内容。

10. 使用 Windows Media 文件编辑器建立播放标记。

11. 使用 Windows Media 文件编辑器添加脚本命令,播放时跳转到指定网页。

12. 使用 Windows Media Server 实现流媒体文件点播功能。

第6章 数字媒体管理与保护技术

📚 **学习目标**

本章将重点介绍数字媒体存储、检索和保护技术。
- 基于文件系统的数字媒体存储与检索。
- 基于多媒体数据库的数字媒体存储与检索。
- 基于加密认证的数字媒体保护。
- 基于数字水印的数字媒体保护。

数字媒体包含了文字、音频、图像、动画和视频等多种不同类型的信息,它们不同的信息特点对信息的存储、检索等管理技术提出了新的要求。随着数字化技术的发展,由于数字媒体复制简单、复制品质量与原件相同的特点,如何对数字作品进行有效的保护面临着空前的挑战。

6.1 数字媒体管理技术

传统数据主要是一些简单的数字和字符串,它们的结构关系比较简单。数字媒体扩张了许多非结构化的、复杂的数据类型,如视频、音频等时序数据是一种动态的、与时间有关的复杂数据类型。即便是静态的图像、照片或文字文本数据,与常规的数据相比也要复杂得多。

有些动态时序信息,要求数据存储系统支持实时地长达几十小时甚至几天的连续检出,而且还要保证一定的检出速度。

大部分数据的有效性是有时间性的,长时间不用的信息可能逐步减少它的价值,甚至变成无用的信息垃圾而白白占用宝贵的存储空间。要及时了解存储数据信息的有效性,及时清理或更新陈旧的信息,以提高有限存储空间的利用率和提高检索有效信息的效率,使数据维护与数据动态变化取得同步,也是一件非常困难的事。

💬 **注意**

据统计,从现实世界采集的"数据"中,90%以上是非常规的、非结构化的。如何构造这些复杂媒体数据的数据模型,并对它们进行组织、存储、检索、维护,是数字媒体管理要解决的核心问题。

数字信息存储的上述特点,既是对传统存储技术的挑战,也是推动存储技术进一步发展的动力。目前数字媒体发布存储技术正沿着两个基本途径飞速发展:一是在原有存储技术基础上进行改造、扩展,使其适应数字媒体数据存储的需要,这是当前大部分公司、厂商正在积极开展并且见效较快的途径;二是研究适应数字媒体复杂存储的新的理论、数据模型和设计新的数据存储、管理和检索方法,这方面的难度较大,但也取得了不少可喜的进展。

6.1.1 文件系统管理方式

文件和文件系统是传统计算机和计算机网络最基本的信息存储方式,虽然更加高效组织共享数据存储的数据库技术已经有了很大的发展,但文件系统在计算机和计算机网络系统中对信息的存储作用仍然占有相当重要的地位。实际上,许多数据库的信息存储也是建立在文件系统基础之上的,尤其是在数据库技术还未能够更好地解决非结构化数字媒体信息存储的情况下,直接用文件系统来存储、组织、检索某些数字媒体信息,可能更方便、更有效。

1. 数字媒体存储

由于数字媒体信息包括多种与常规数据类型很不相同的数据类型,因此要求文件系统应该能够支持多种文件组织,支持多种记录形式以及能够扩展更长的文件长度和记录长度。并且,这些不同的文件组织、记录格式应该能够方便地、灵活地根据不同信息类型的需要进行选择。

对于静态图像信息,通常可以用一幅图像作为一个无记录的二进制数据流文件存储,也可以对大量图像建立一个大文件进行存储,这样每幅图像都是这一文件中的一个可变长度的记录。

音频数据虽然是时序信号,但在计算机内存储也是一组二进制的代码,因此在原则上也可以像图像存储一样,或者每一首歌曲、每一段语音记录作为一个无记录数据流分别建立一个单独的文件存储,或者是一组歌曲、一组语音分别建立在一个文件中,而文件中以变长记录来划分不同的歌曲和不同的语音段。

对于视频信号,一般以一部电影、一部电视剧或一段应连续播放的录像,存储为一个超长文件,顺序播放的每一图像帧则为这一文件中的一个记录。给定视频信号的每一个帧的数据量本来是固定的,可以用定长记录,但由于在计算机内存储的视频信号大多数是经过压缩后的数字信号,压缩后各帧的数据量实际上并不相同,因此一般也需要采用可变长度记录的格式来存储。

用文件系统存储图像、声音等非常规数字媒体数据,无论是采用无记录的格式还是可变长度的记录格式,其记录长度和文件长度都可能比常规数据文件长得多。如一个电影文件的长度可以达到数百兆字节以上,一幅高精度图像文件的记录长度可能达到数百千字节以上。现在,大部分网络中使用的各种文件系统已经能够支持这些特征,因此,用已有文件系统存储视频、图像和声音等数字媒体信号,在当前多媒体计算机通信网络发展中仍是一种相当重要的存储方式。

2. 数字媒体检索

文件系统管理方式存储简单,当数字媒体资料较少时,浏览查询还能接受,但演播的资料格式受到限制;当数字媒体资料的数量和种类比较多时,查询和演播就不方便了。尽管如此,文件系统管理方式仍然是多媒体数据库管理方式的基础。

(1) 静态图像检索。

对于静态图像,如果采用无记录格式,应用软件可以一次性把整幅图像读到内存中,然后把它通过显示驱动器送到显示器上进行显示。如果一个文件中有多个图像记录,则根据记录号选择所需的图像读出。如果存储的图像信息是经过压缩的数据,在压缩图像读出到内存后,应该先送到解压缩卡(或专门的解压缩软件)解压恢复原图像后再送到显示器上进行显示。对解压缩后的图像数据在必要的时候还可以在内存中进行一定的处理,如缩放、移动或修改等。

(2) 声音文件检索。

对于声音文件,与图像检索一样,可以选择不同的声音文件,或者在一个声音文件中选择不同的记录。声音的播出是通过声音驱动器驱动耳机、扬声器或其他音响设备完成的。声音信号是一个时序信号,要求连续不断地从文件读出,并实时送给音响设备播放。在读文件和写声响设备之间,信息数据流基本上是以字节流方式流动的,缓冲区可以对读文件速率与写设备速率进行精心适当的同步调节。对于声音的解压缩,解压卡负责把从文件中读出的、经过压缩了的数字声音信号解压出来,并转换成为可以播放的模拟声音信号。

图 6-1 所示是日本国内首个以特定单词为关键词的声音数据检索软件。它采用"词汇辨识"搜索引擎,能从录音数据中识别出在它的词汇库中录入的单词。依靠这种声音识别引擎,软件能够在庞大的通话录音数据中检查是否含有所需要的关键词,并且迅速、准确地挑选出需要的通话。

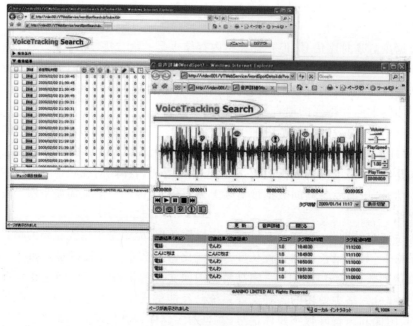

图 6-1　声音检索

(3) 视频文件检索。

视频文件的检索与播放,与静态图像的过程基本相同,只是对图像流的控制要更加复杂一些。视频信号在磁盘文件中的存放是按播放时序逐帧顺序存放的,每一帧是一个记录,正常播放时,顺序逐帧读出,并输入显示设备。图 6-2 所示是基于字幕的视频检索效果。

播放视频信号还有伴音同步问题。在文件系统中,视频信号的伴音被单独建成声音文件。在伴音文件中,每一个记录的声音信号与相同记录号的图像帧对应。因此,在播放视频

图 6-2　视频检索

时,只需要把视频文件与其伴音文件同时打开,并且按相同记录号顺序"同时"读出,就可以达到视频与配音同步播出的效果。

6.1.2　多媒体数据库管理方式

随着信息数量和信息媒体种类的不断增加,对信息的管理和检索也变得越来越困难。在这种情况下,多媒体数据库和基于多媒体内容检索的技术无疑将扮演一个十分重要的角色。

从计算机技术的角度来看,数据管理的方法已经经历了多个不同阶段。最早的时候,数据是用文件的形式直接存储的,并且持续了很长一段时间,这与计算机的应用水平有关。早期的计算机主要用于数学计算,虽然计算的工作量大、过程复杂,但其结果往往比较单一。在这种情况下,文件系统基本上是够用的。随着计算机技术的发展,计算机越来越多地用于信息处理,如财务管理、办公自动化和工业流程控制等。这些系统所使用的数据量大,内容复杂,而且面临数据共享、数据保密等各方面的要求,于是就产生了数据库系统。数据库系统的一个重要概念是数据的独立性,用户对数据的任何操作(如查询、修改)不再通过应用程序直接进行,而必须通过向数据库管理系统发出请求实现。数据库管理系统统一实施对数据的管理,包括存储、查询、修改、处理和故障恢复等,同时也保证能在不同用户之间进行数据共享。如果是分布式数据库,这些内容将扩大到整个网络范围之上。

近年来,随着多媒体数据库的引入,对数据的管理方法又开始酝酿新的变革。传统数据库的模型主要针对整数、实数和定长字符等规范数据。数据库的设计者必须把真实的世界抽象为规范数据,这要求设计者具有一定的技巧,而且在一定情况下,这项工作会特别的困难。即使抽象完成了,抽象得到的结果往往会损失部分的原始信息,甚至会出现错误。当图像、声音和视频等数字媒体信息引入计算机之后,可以表达的信息范围大大扩展,如何使用数据库系统来描述这些数据呢?另一方面,传统数据库可以在用户给出查询条件之后迅速地检索到正确的信息,但那是针对使用字符数值型数据的。如果基本数据不再是字符数值型,而是图像、声音,甚至是视频数据,将怎样检索?

随着技术的发展,产生了许多可以对数字媒体数据进行管理和使用的技术,例如面向对象数据库、基于多媒体内容检索技术、超媒体技术等。一般认为，多媒体数据库不应该是对现有的数据库系统进行界面上的包装，使之看起来像一个多媒体数据库，而应该是从数字媒体数据与信息的本身特征出发，才能找到相应的解决方法。

1. 多媒体数据库面临的新问题

在传统的数据库中引入多媒体数据和操作是一个极大的挑战，这不只是把多媒体数据加入到数据库中就可以完成的问题。传统的字符数值型的数据虽然可以对很多的信息进行管理，但由于这一类数据的抽象特性，应用范围毕竟十分有限。为了构造出符合应用需要的多媒体数据库，必须解决从体系结构到用户接口等一系列的问题。数字媒体对数据库设计的影响主要表现在以下几个方面。

(1) 数据库的组织和存储。

数字媒体数据的数据量大，而且媒体之间的差异也极大，从而影响数据库的组织和存储方法。如动态视频压缩后每秒仍达上百 K 的数据量，而字符数值等数据可能仅有几个字节。只有组织好多媒体数据库中的数据，选择设计好合适的物理结构和逻辑结构，才能保证磁盘的充分利用和应用的快速存取。数据量的巨大还反映在支持信息系统的范围的扩大，显然不能指望在一个站点上就存储上万兆的数据，而必须通过网络加以分布，这对数据库在这种环境下进行存取也是一种挑战。

(2) 媒体种类的增加增加了数据处理的困难。

每一种数字媒体数据类型都要有自己的一组最基本的操作和功能、适当的数据结构以及存取方式、高性能的实现。但除此之外，也要有一些标准的操作，包括各种数字媒体数据通用的操作及多种新类型数据的集成。虽然主要的数字媒体类型只有那么几种，但事实上，在具体实现时往往根据系统定义、标准转换等演变成几种媒体格式。不同媒体类型对应不同数据处理方法，这就要求多媒体数据库管理系统能够不断扩充新的媒体类型及其相应的操作方法。

(3) 数据库的多解查询问题。

传统的数据库查询只处理精确的概念和查询，但在多媒体数据库中非精确匹配和相似性查询将占相当大的比重。因为即使是同一个对象，若用不同的媒体进行表示，对计算机来说也肯定是不同的；若用同一种媒体表示，如果有误差，在计算机看来也是不同的。与之相类似的还有诸如颜色和形状等本身就不容易精确描述的概念，如果在对图像、视频进行查询时用到它们，很显然是一种模糊的非精确的匹配方式。媒体的复合、分散及其形象化的特点，注定要使数据库不再是只通过字符进行查询，而应该是通过媒体的语义进行查询。然而，我们却很难了解并且正确处理许多媒体的语义信息。这些基于内容的语义在有些媒体中是易于确定的(如字符、数值等)，但对另一些媒体却不容易确定，甚至会因为应用的不同和观察者的不同而产生不同的语义。

(4) 用户接口的支持。

多媒体数据库的用户接口肯定不能用一个表格来描述，对于媒体的公共性质和每一种媒体的特殊性质，都要在用户的接口上、在查询的过程中加以体现。例如对媒体内容的描述、对空间的描述以及对时间的描述。数字媒体要求开发浏览、查找和表现多媒体数据库内容的新方法，使用户很方便地描述他的查询需求，并得到相应的数据。在很多情况下，面对数字媒体的数据，用户有时甚至不知道自己要查找什么，或者不知道如何描述自己的查询。

所以,多媒体数据库对用户的接口要求不仅仅是接收用户的描述,而是要协助用户描述出他的想法,找到他所要的内容,并在接口上表现出来。多媒体数据库的查询结果将不仅仅是传统的表格,而将是丰富的数字媒体信息的表现,甚至是由计算机组合出来的结果。

(5) 数字媒体信息的分布对多媒体数据库体系所带来的巨大影响。

这里所说的分布,主要是指以 WWW 为基础的分布。随着 Internet 的迅速发展,网上的资源日益丰富,传统的固定模式的数据库形式已经显得力不从心。多媒体数据库系统将来肯定要考虑如何从万维网的信息空间中寻找信息,查询所要的数据。

(6) 处理长事务增多。

传统的事务一般是短小精悍的,在多媒体数据库管理系统中也应该尽可能采取短事务。但在有些场合中短事务不能满足需要,如从动态视频库中提取并播放一部数字化影片,往往需要长达几个小时的时间,作为良好的数据库管理系统,应该保证播放过程中不会发生中断,因此不得不增加处理长事务的能力。

(7) 对服务质量的要求。

许多应用对多媒体数据库的传输、表现和存储的质量要求是不一样的。系统能够提供的资源也要根据系统运行的情况进行控制。对每一类数字媒体数据都必须考虑这些问题:如何按所要求的形式及时地、逼真地表现数据;当系统不能满足全部的服务要求时,如何合理地降低服务质量;能否插入和预测一些数据;能否拒绝新的服务请求或撤销旧的请求;等等。

(8) 版本控制的问题。

在具体应用中,往往涉及对某个处理对象的不同版本的记录和处理。版本包括两种概念:一是历史版本,同一个处理对象在不同的时间有不同的内容,如 CAD 设计图纸,有草图和正式图之分;二是选择版本,同一个处理对象有不同的表述或处理,一份合同文献就可以包含英文和中文两种版本。需要解决多版本的标识、存储、更新和查询,尽可能减少各版本所占存储空间,并且控制版本访问权限。但现有的数据库管理系统一般都没有提供这种功能,而由应用程序编制版本控制程序,这显然是不合理的。

2. 多媒体数据库检索

现有的基于内容的数字媒体信息检索系统在跨媒体的建模表示、对数字内容的高层语义理解以及查询处理和相关反馈等多个方面仍然存在着诸多问题。首先,现有的数字媒体检索系统主要还是解决单一媒体的检索问题,而不支持跨媒体的数字信息处理。其次,目前基于内容的信息检索技术主要依赖媒体对象局部的、底层的、物理的特征。对于更进一步的知觉组织问题,是将这些特征组合成具有明确高层语义属性的复合特征、枚举性质的算法,但这在计算复杂度上有巨大的困难。

(1) 文本数据检索。

文本数据主要采用关键字检索和全文检索两种方法。关键字检索是在存储文本的同时,自动或手工生成能够反映该文本数据主题的关键字的集合,并将其存储在数据库中。检索时通过某些关键字的匹配找到所需的文本数据。全文检索根据文本数据中任何单词或者词组进行全文扫描。

(2) 语音数据检索。

语音数据的检索主要有两种方法:第一种是给语音数据人工附加属性描述或文字描

述,如给录音数据附上讲话人的姓名、讲话日期、讲话题目和主要内容等。之后,用文本数据的检索方法检索语音数据。第二种方法是浏览,把语音逐一播放出来,边听边判断所需查找的语音数据,这种方法最大的缺点是速度太慢。在具体应用中,一般与第一种方法配合使用,在第一种方法缩小范围之后再进行浏览。

目前我国在语音识别技术方面与国外基本上是同步的,在核心技术方面更属于同一代。命令控制、简单的信息查询与特定的数字媒体检索等,我国已做的比较实用了。图6-3所示的基于内容的音乐"哼唱检索系统",允许用户通过哼唱的形式来检索所需要的歌曲。为找到一首歌曲,用户只要能回忆起其中的旋律片断,并用麦克风哼唱出来,系统就能为之找到所要的歌曲。

图6-3　哼唱检索系统

(3) 图形图像检索。

图形数据的管理已经有一些成功的应用范例,例如地理信息系统、工业图纸管理系统、建筑CAD数据库等。图形数据可以分解为点、线、弧等基本图形元素。描述图形数据的关键是要有可以描述层次结构的数据模型。对图形数据来说,最大的问题是如何对数据进行表示,对图形数据的检索也是如此。一般来说,由于图形是用符号或特定的数据结构表示的,更接近于计算机的形式,还是易于管理的,但管理方法和检索使用需要有明确的应用背景。

图像数据在应用中出现的频率很高,也很有实用价值。图像数据库较早就有研究,已提出许多方法,包括属性描述法、特征提取、分割、纹理识别和颜色检索等。特定于某一类应用的图像检索系统已经取得成功的经验,如指纹数据库、头像数据库等,但在多媒体数据库中将更强调对通用图像数据的管理和查询。图像检索效果如图6-4所示。

(4) 视频检索。

动态视频数据要比前面介绍的信息类型复杂得多,在管理上也存在新的问题。特别是由于引入了时间属性,对视频的管理要在时间空间上进行。检索和查询的内容可以包括镜头、场景和内容等许多方面,这在传统数据库中是从来没有过的。对于基于时间的媒体来说,为了真实地再现就必须做到实时,而且需要考虑视频和动画与其他媒体的合成和同步。例如给一段视频加上一段字幕,字幕必须在适当的时候叠加到视频的适当位置上。再如给一段视频配音,声音与图像必须配合的恰到好处。合成和同步不仅是多媒体数据库管理的问题,它还涉及通信、媒体表现和数据压缩等诸多方面。

6.1.3　面向对象的数据库管理方式

随着近年来面向对象技术的兴起,面向对象方法在数据库应用领域也日益显示出其强大的生命力。面向对象数据库是指对象的集合、对象的行为、状态和联系是以面向数据模型

图 6-4　图像检索

来定义的。面向对象的方法最适合于描述复杂对象,通过引入封装、继承、对象和类等概念,可以有效地描述各种对象及其内部结构和联系。对象数据库的这种机制正好满足了多媒体数据库在建模方面的要求。

因此,用对象作为存储数字媒体信息的基本单位,用面向对象方法构造数据库来解决数字媒体信息的存储、检索等管理也就顺理成章了。例如,一幅图像、一首歌曲、一部包括伴音的电影以至一篇文章,都可以与它们对应的访问程序、操作方法封装在一起,作为一个个对象存储。

数字媒体可以自然地用面向对象方法所描述,面向对象数据库的复杂对象管理能力正好对处理非格式数字媒体数据有益;根据对象的标识符的导航存取能力有利于对相关信息的快速存取;封装和面向对象编程概念又为高效软件的开发提供了支持。

注意

由于面向对象概念在各个领域中尚未形成一个统一的标准,因此用面向对象数据库直接管理数字媒体尚未达到实用化程度。

6.2　数字媒体保护技术

数字化技术的发展使得媒体脱离载体的束缚而以数字化的形式独立存在,媒体的内容记录和传输已经逐步从模拟方式转向了数字方式。模拟内容和数字内容的本质区别主要体现在以下方面。

- 模拟内容和介质是紧密相连的,而数字内容和介质逐渐无关。

- 模拟内容的复制费时费力,复制的效果较原来内容的质量有一定程度的降低,多次复制后效果会越来越差;数字内容复制非常简单,不会降低内容质量。
- 模拟内容传输对带宽的需求非常高,一定程度上限制了内容的传播;数字内容传输需要的带宽较低。

宽带网络的快速普及大大加速了数字媒体复制和传播的速度,必将催生各种新型数字媒体应用模式的出现和商业模型的形成,数字媒体时代必然代替模拟媒体时代。然而,要真正创造全新的数字媒体时代,除了数字技术和网络技术外,还需要建立一套完整的数字版权管理(Digital rights management,DRM)措施。

DRM 是保护数字媒体内容免受未经授权的播放和复制的一种方法,它为内容提供者保护他们的私有音乐或其他数据免受非法复制和使用提供了一种手段。DRM 通过对数字内容进行加密和附加使用规则对数字内容进行保护,其中,使用规则可以断定用户是否符合播放数字内容的条件,一般可以防止内容被复制或者限制内容的播放次数。

💬 **注意**

◆ 数字媒体的内容复制和传播非常容易,因此人们通常认为数字媒体为盗版打开了新天地,近几年因特网上的音乐交换等现象似乎也证实了这种印象。

◆ 实际上,数字媒体更容易被盗版只是短期现象,实际情况是数字媒体更容易被保护。

对于模拟媒体来说,制作环节的泄漏(胶片冲印/母带复制、传递过程中的泄漏,剧院、制作中心的偷拍等)、分发环节的泄漏(磁带、CD、DVD 发行以及模拟广播)以及终端的泄漏(设备级的泄漏以及对模拟输出进行复制等)都很难有有效的技术保护措施。

数字媒体意味着成熟的加密、认证等信息安全技术可以全面应用,数字版权管理可采用的技术措施要比模拟版权管理多得多。目前,数字版权管理方案大多基于加密认证或数字水印两种技术。

6.2.1　数字版权管理概述

设计和建立数字版权管理应遵循的基本原则是简单、灵活和开放。

简单是指数字版权管理不要为用户和价值链的各方带来“麻烦”,例如,数字版权管理技术不应给内容提供商带来“不便”,也不应该让消费者付出额外代价。

灵活是指数字版权管理应能支持新的商业模式,支持各种运营、产品和服务提供商构成充满活力的价值链。

开放是指可以容纳更多的参与者,因为数字版权管理不是一个具体产品,而是一个新时代的基础设施。

1. 数字版权管理

数字版权管理价值链的可能参加者包括:

- 内容生产者
- 版权拥有者和管理机构
- 内容代理、发行商

- 注册与认证
- 数字版权管理方案提供商
- 支撑信息系统提供商
- 内容仓储管理
- 应用开发者
- 存储和传输服务、运营
- 网络服务提供商
- 接入服务提供商
- 硬件终端设备制造
- 软件终端开发

注意

如此众多的参与者决定了数字版权管理系统是一个复杂而庞大的系统,由此向数字版权管理系统提出的挑战之一就是如何平衡各方的利益,保证数字版权管理系统的协调发展。

由于 DRM 技术包括了对数字内容的保护和对阅读版权的保护,因此各大厂商开始争相依靠自己的播放格式试图"垄断"市场,圈住更多的用户。由于大多数提供数字版权保护的企业本身也是数字内容的提供商,因此制造商们就利用版权保护的"旗号"推出了各种各样的播放格式,使得 DRM 技术遭到了一些消费者的反感。例如从苹果 iTnues 下载的歌曲有自己独特的格式,不能在其他播放器上使用。而索尼在音乐 CD 中加入的 DRM 技术,几乎演变成了恶性的木马病毒,并因此受到了起诉。

但实际上,DRM 技术应该是一个可信、公平、公正的技术体系,是一种具有认证并无法轻易破坏的平台。只有这样,才能建立因特网中的销售关系,展开系列后续商业活动。因此,它在技术上必须确保以下环节:

- 以副本拷贝的形式是可计数的,定价系统不能被篡改,并且在各个销售关系间的最终结算以定价为基准;
- 在消费者终端,不仅数量和使用上需要控制,同时各种版权格式也必须是相通的。

注意

◆ 从本质上来说,DRM 的解决思路其实就是许可证管理。
◆ 先对原始的文件进行加密、添加文件头,再将打包后的数字文件存放在网站的服务器上(也可压制成光盘来发行),然后对合法的用户进行身份和权限的校验。
◆ 在这种新形式的销售体系中,由于生产者又是技术的拥有者,因此往往不能中立地营造一个公平的平台。

实际上,数字产品将来的应用空间绝不仅限于 PC,其在手持设备,诸如手机、MP3、电子阅读器,甚至未来的汽车、家用电器中也大有天地,因此兼容的问题就显得尤为突出。那些提供数字内容产品的生产者,希望依靠独有格式把消费者紧紧攥在手中,但市场往往会对这些商家还以颜色,这个领域有着屡见不鲜的案例。

2. DRM 解决方案

图 6-5 显示了 DRM 解决方案在内容打包程序、版权许可分发程序、媒体许可服务和请求一个特定的未经授权的媒体文件的用户之间的交互。

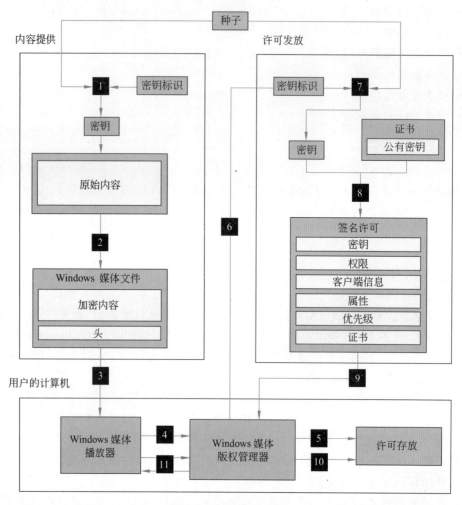

图 6-5　DRM 解决方案

　　(1) 内容打包程序用一个许可密钥种子和一个密钥标识生成一个密钥。许可密钥种子是在内容打包程序和许可证书分发程序之间共享的秘密，它是一个不少于 5 字节长的随机值。密钥标识是一个全局唯一标识符。

　　(2) 内容打包程序使用密钥加密内容，并把密钥标识和用于版权许可分发的因特网地址置入内容头，然后内容打包程序把内容头和加密内容一起打包到一个媒体文件中。

　　(3) 内容打包程序把媒体文件传递给用户。

　　(4) 用户的播放器请求媒体版权管理服务器确定其所请求的媒体文件是否可以播放。

　　(5) 媒体版权管理服务器搜索版权库以获得播放内容的合法版权许可。

　　(6) 如果媒体版权管理服务器搜索所需的版权许可失败，它会从版权许可分发程序申请一个版权许可。

(7) 版权许可分发程序使用共享版权许可密钥和密钥标识生成与第(1)步中由内容打包程序生成的相同的密钥,然后版权许可分发程序加密该密钥。

(8) 版权许可分发程序生成了一个版权许可,并将加密的内容密钥添加到版权许可中,再添加一个从媒体版权许可服务中获得的证书,然后使用证书中的公有密钥对版权许可进行签名。

(9) 版权许可分发程序将签名后的版权许可传送到客户计算机的媒体版权管理器上。

(10) 媒体版权管理器验证该签名,并将该许可放在许可库中。

(11) 媒体版权管理器进行解密,并将所请求的多媒体内容包发送到播放器。

【例 6-1】 DRM 音频视频加密器。

(1) 认证服务器安装配置"许可证发放管理系统",通过服务器发放证书,如图 6-6 所示。

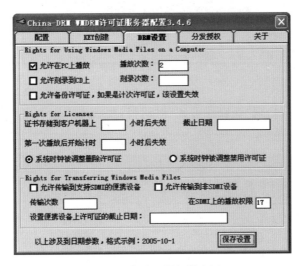

图 6-6 许可证服务器配置

(2) 通过"自定义打包"或"批量打包"对音频或视频文件打包加密,如图 6-7 所示。其中认证 URL 指向许可证发放服务器,如图 6-8 所示。

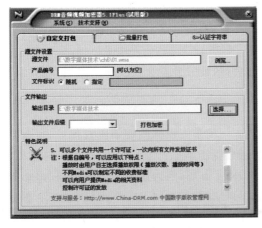 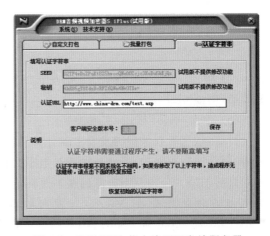

图 6-7 对音频视频文件加密   图 6-8 认证 URL 指向许可证发放服务器

注意

◆ 加密后的文件可以供用户下载；

◆ 可以制作成 CD 分发给用户；

◆ 可以放到流媒体服务器上供用户点播。

（3）用户播放加密的视频或音频文件时，播放器将弹出认证界面，如图 6-9 所示。

图 6-9　认证界面

（4）单击"是"按钮，出现"获取许可证"对话框，要求用户输入用户名、密码和需要获取的播放权限，如图 6-10 所示。

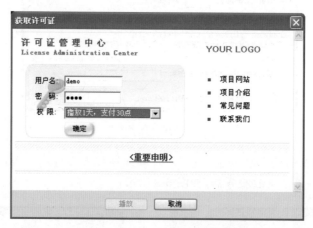

图 6-10　"获取许可证"对话框

（5）单击"确定"按钮，在用户的身份通过验证后，认证服务器会发放一个许可证给用户播放器，如图 6-11 所示。

（6）单击"确定"按钮，实现播放。

目前，数字版权保护的发展主要分为两种类型：一种是流媒体的数字版权保护，也就是音频、视频的版权保护；另外一种则是电子文档的版权保护。

目前国外大公司试图抢滩的基本是在流媒体 DRM 市场，因为这涉及未来音乐、电影等更广阔的消费领域，如 Microsoft 发布的 Windows Media DRM、Real Networks 发布的 Helix DRM、Apple 的 iTunes、IBM 的 EMMS 等。

电子文档的数字版权保护则主要包含电子图书、电子期刊杂志以及企业重要文档的管

图 6-11　获取许可证

理控制,如 Microsoft DAS、Adobe Content Server 和方正 Apabi 等。

6.2.2　加密认证技术

在使用加密认证技术的 DRM 方案中,数字媒体以加密方式进行传播,用户必须通过相应的认证,得到授权许可后才能访问加密内容。这些授权可以细化到是否允许用户复制、打印,或用户只能在限制的时间内看到内容。

💬 **注意**

◆ 加密的重点是数据的安全性,非法用户即使得到加密后的文件,也无法获取其中的内容。

◆ 身份认证的重点是用户的真实性,确定身份后,系统才能按照不同的身份给予不同的权限。

1. 加密

古希腊的斯巴达人将一条 1cm 宽、20cm 长的羊皮带以螺旋状绕在一根特定粗细的木棍上,然后将要传递的信息沿木棍纵轴方向从左至右写在羊皮带上。写完一行,将木棍旋转 90°,再从左至右写,直至写完。最后将羊皮带从木棒上解下展开,羊皮带上排列的字符即是一段密码。信息的接收者收到羊皮带后,将它裹到同等粗细的棍子上,才能读出原始信息。这样,即便羊皮带中途被截走,只要对方不知道棍子的粗细,所看到的也只是一些零乱无用的文字。这就是历史上记载的人类最早对信息进行加密的方法之一。

按照加密算法,对未经加密的信息进行处理,使其成为难以读懂的信息,这一过程称为加密。被变换的信息称为明文,它可以是一段有意义的文字或者数据;变换后的形式称为密文,密文是一串杂乱排列的数据,字面上没有任何含义。

DRM 的内容保护通过对媒体内容进行加密实现,加密的内容只有持有密钥的用户才能解密。

2. RAR 文件加密

RAR 是使用最为普遍的压缩文件格式,WinRAR 压缩软件可以在将文件压缩的同时,为压缩包加上密码,这样就可以达到压缩与保密一举两得的作用。

【例 6-2】　用 WinRAR 压缩文件并加密。

（1）选中要压缩的文件，单击鼠标右键，在弹出的快捷菜单中选择"添加到压缩文件"命令，出现图 6-12 所示"压缩文件名和参数"对话框。

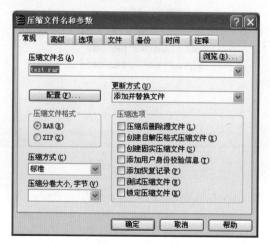

图 6-12　"压缩文件名和参数"对话框

（2）选择"高级"选项卡，出现图 6-13 所示的对话框。

（3）单击"设置密码"按钮，出现图 6-14 所示"带密码压缩"对话框，在其中输入密码。单击"确定"按钮，返回到图 6-13 中。

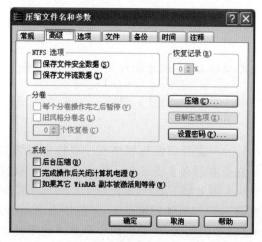

图 6-13　"高级"选项卡

图 6-14　输入密码

注意

◆ 由于针对 WinRAR 密码的破解软件层出不穷，即使密码设置得再长、再复杂，也难免成为某些暴力破解软件的猎物。因此，可以通过输入中文密码的方法防止 RAR 密码被破解。

◆ 输入中文密码的方法是打开文本处理软件，输入中文密码并复制，然后粘贴到"输入密码"文本框中。

（4）单击图 6-13 中的"确定"按钮，完成带密码的文件压缩。

3. Office 文件加密

下面以 Word 2003 为例说明 Office 文件的加密过程，其他 Office 文件的加密方法类似。

【例 6-3】 加密 Word 文件。

（1）打开 Word 文件，执行"文件"|"另存为"命令，出现"另存为"对话框，如图 6-15 所示。

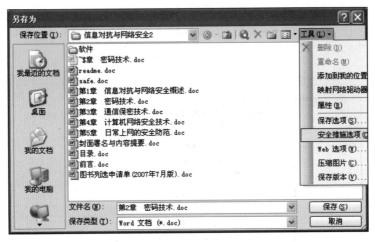

图 6-15　"另存为"对话框

（2）在"另存为"对话框中单击右上角的"工具"按钮，从弹出的下拉菜单中选择"安全措施选项"命令，出现"安全性"对话框，如图 6-16 所示。

（3）也可以执行"工具"|"选项"命令，在"选项"对话框中选择"安全性"选项卡，如图 6-17 所示。

图 6-16　"安全性"对话框

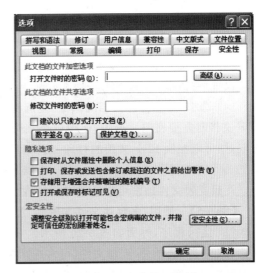

图 6-17　"安全性"选项卡

（4）分别设置"打开文件时的密码"和"修改文件时的密码"，建议不要将这两个密码设为同一个内容。

4. PDF 文件加密

Adobe 公司的 PDF 文件是一种通用文件格式，为防止机密文件被编辑、打印或选择文本、图形的复制，可以使用 Adobe Acrobat 软件对 PDF 文件进行加密，以提高文档的安全性。

【例 6-4】 使用 Adobe Acrobat 对 PDF 文件加密。

（1）运行 Adobe Acrobat 软件，打开 PDF 文件。

（2）执行"文件"|"文档属性"命令，出现图 6-18 所示"文档属性"对话框，选择左侧列表框中的"安全性"选项。

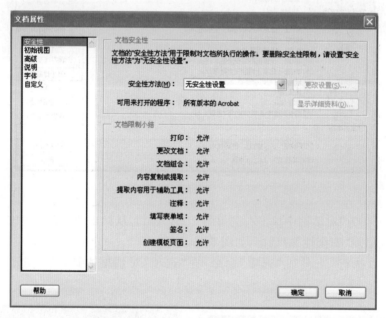

图 6-18 "文档属性"对话框

（3）在"安全性方法"下拉列表中选择"口令安全性"选项，出现图 6-19 所示"口令安全性—设置"对话框。

（4）选中"要求打开文档的口令"复选框，在"文档打开口令"文本框中输入密码，则打开 PDF 文档时需要密码。选中"使用口令来限制文档的打印和编辑以及它的安全性设置"复选框，则可以控制 PDF 文档的打印、编辑和复制。

5. 音频视频文件加密

音频视频文件加密可以通过专门的软件实现。

【例 6-5】 使用"多媒体文件加密器"加密视频文件。

（1）运行程序，界面如图 6-20 所示。

（2）单击"选择 & 添加文件（可多选）"按钮，选择要加密的文件。在"请指定加密密钥"文本框中输入密码，单击"执行加密"按钮，系统进行加密。

（3）得到加密文件后，双击该文件，出现图 6-21 所示"播放授权"对话框。

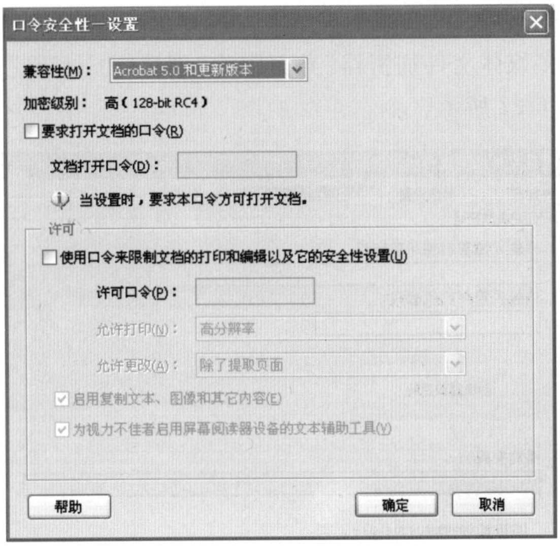

图 6-19 "口令安全性—设置"对话框

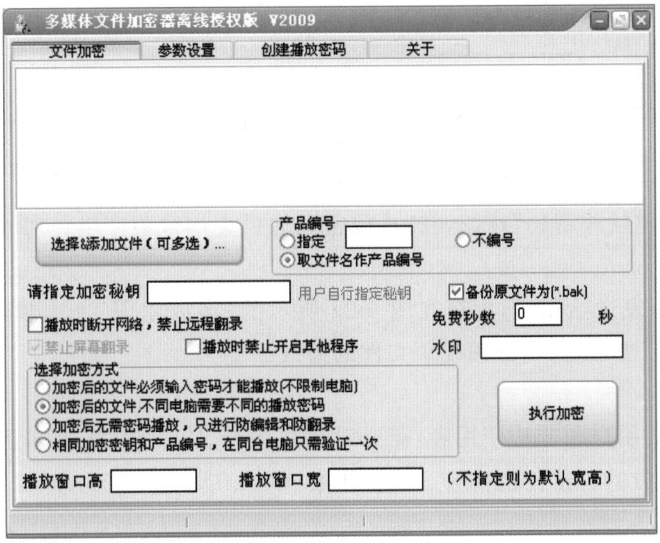

图 6-20 "多媒体文件加密器"界面

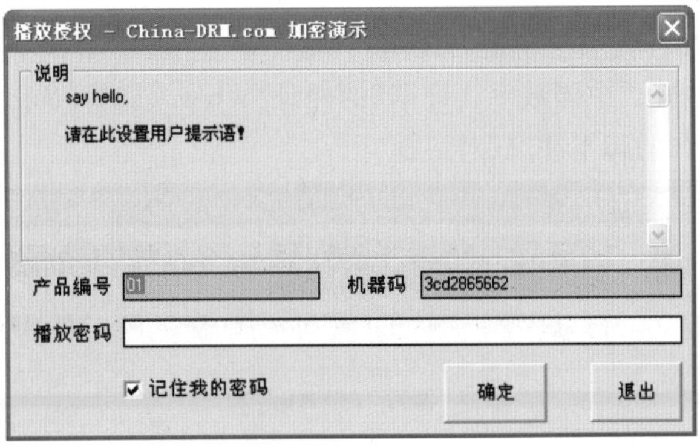

图 6-21 "播放授权"对话框

（4）复制"机器码"文本框中的内容，发送给加密者。

（5）加密者选择"多媒体文件加密器"界面中的"创建播放密码"选项卡，输入加密时的密码和用户标识，如图 6-22 所示。

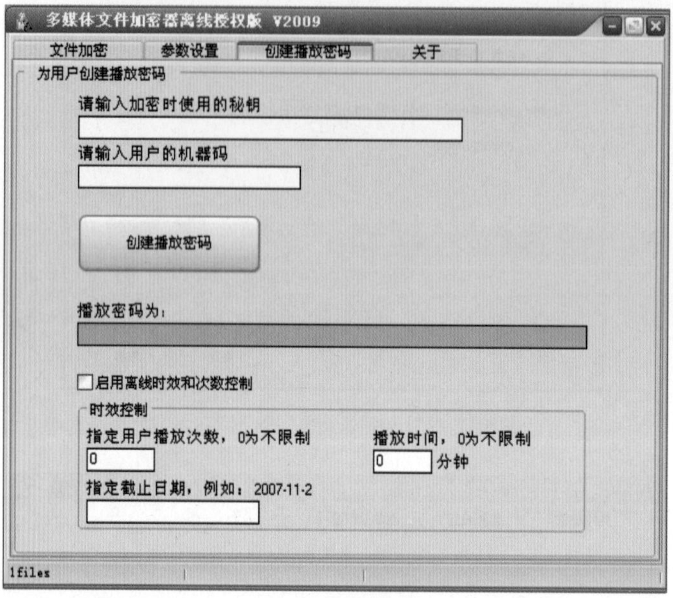

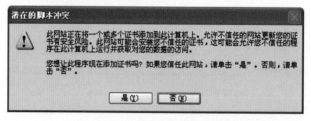

图 6-22　"创建播放密码"选项卡

（6）单击"创建播放密码"按钮，在"播放密码为："文本框中产生针对该用户计算机的播放密码。

（7）将该密码发送给用户，用户在图 6-21 所示的"播放密码"文本框中输入上述"播放密码"，单击"确定"按钮，实现音频视频文件的播放。

6. 身份认证

为了区分合法用户和非法使用者，需要对用户进行认证。数字签名是身份认证技术中的一种，通过第三方的可信任机构——认证中心（Certificate Authority，CA），在 Internet 上验证用户的身份。

使用个人安全邮件证书可以收发加密和数字签名邮件，确保电子邮件通信各方身份的真实性。

【**例 6-6**】　安全邮件证书的申请与使用。

（1）在浏览器中输入"中国数字认证网"的网址"www.ca365.com"，第一次访问时自动出现图 6-23 所示"潜在的脚本冲突"对话框。

图 6-23　"潜在的脚本冲突"对话框

（2）单击"是"按钮，出现"安全警告"对话框，如图 6-24 所示。

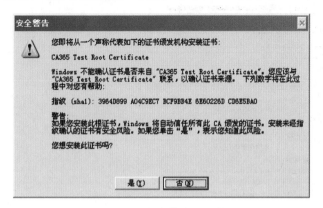

图 6-24　"安全警告"对话框

（3）单击"是"按钮，完成安装后的网站首页如图 6-25 所示。

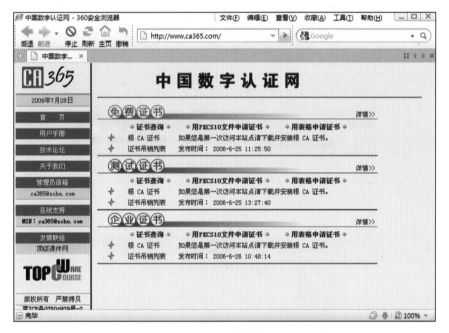

图 6-25　网站首页

（4）在"免费证书"栏中单击"用表格申请证书"链接，出现"申请免费证书"页面，填写表格，在"证书用途"栏的下拉列表中选择"电子邮件保护证书"选项，如图 6-26 所示。

（5）单击"提交"按钮，出现图 6-27 所示的对话框。

（6）单击"是"按钮，出现"正在创建新的 RSA 交换密钥"对话框，如图 6-28 所示。

（7）单击"确定"按钮，证书申请成功，如图 6-29 所示。

（8）单击"直接安装证书"按钮，出现图 6-30 所示对话框。

（9）单击"是"按钮，安装成功后，页面如图 6-31 所示。

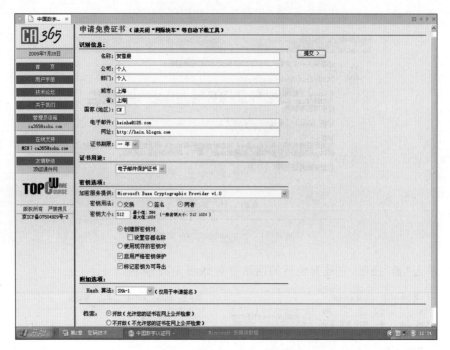

图 6-26　填写申请表格

图 6-27　请求证书对话框

图 6-28　"正在创建新的 RSA 交换密钥"对话框

注意

根证书成功安装后成为"受信任的根证书颁发机构"。

图 6-29　证书申请成功

图 6-30　安装证书

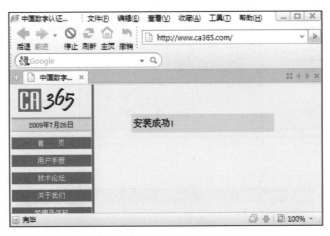

图 6-31　安装成功

（10）执行浏览器的"工具"|"Internet 选项"命令，从弹出的"Internt 选项"对话框中选择"内容"选项卡，如图 6-32 所示。

（11）单击"证书"按钮，出现"证书"对话框，如图 6-33 所示，列表中显示相应的根证书。

（12）打开电子邮件软件 Foxmail，如图 6-34 所示。

（13）右击申请时填写的邮箱，从弹出的快捷菜单中选择"属性"命令，出现"邮箱账户设置"对话框，选择"安全"选项，如图 6-35 所示。

（14）单击"选择"按钮，出现"选择证书"对话框，如图 6-36 所示。

图 6-32 "Internet 选项"对话框的"内容"选项卡

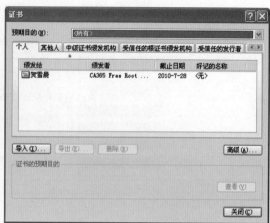

图 6-33 显示证书

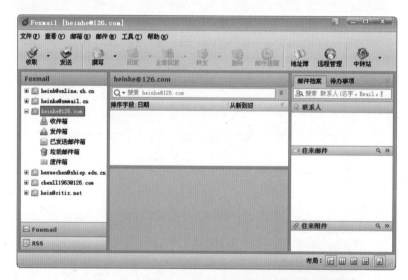

图 6-34 Foxmail 界面

图 6-35 "邮箱账户设置"对话框

图 6-36　"选择证书"对话框

（15）选择申请的证书，单击"确定"按钮，"邮箱账户设置"对话框如图 6-37 所示。

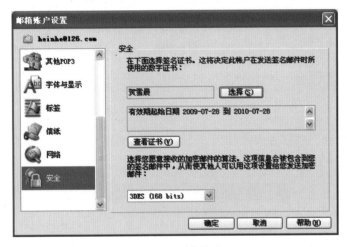

图 6-37　证书信息

（16）单击"确定"按钮，返回主界面。撰写邮件，执行"工具"|"数字签名"命令，单击"发送"按钮，出现图 6-38 所示的对话框。

图 6-38　在电子邮件中添加数字签名

（17）单击"确定"按钮，完成邮件发送。

（18）接收并查看邮件，显示"数字签名邮件"帮助信息，如图 6-39 所示。

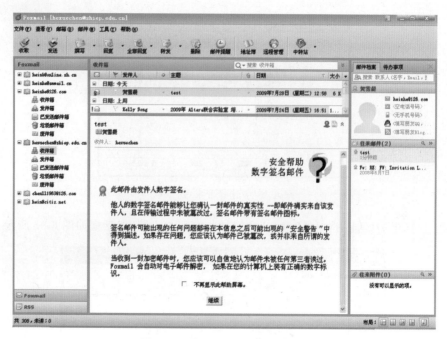

图 6-39　数字签名邮件帮助信息

　　（19）单击"继续"按钮，查看邮件内容。单击右上角的"显示签名信息"图标 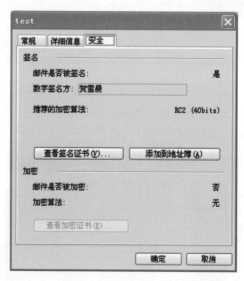，可以查看签名信息，如图 6-40 所示。

图 6-40　查看签名信息

　　（20）访问"中国数字认证网"，单击其中的"证书查询"，出现图 6-41 所示的页面。
　　（21）在"选择查询项目："下拉列表中选择"名称"选项，在"输入查询内容："文本框中输入"贺雪晨"，单击"查询"按钮，可以看到数字证书的相关信息，如图 6-42 所示。

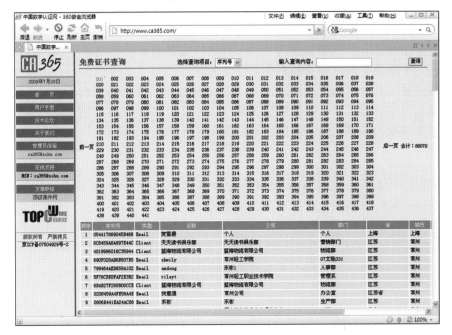

图 6-41　证书查询页面

图 6-42　证书查询结果

6.2.3　数字水印技术

在使用加密认证技术的 DRM 方案中,当加密的数字媒体被破解后,就不受保护了,也没有任何版权信息了。所以,当其被非法传播给非授权用户时,几乎不能追踪到传播非法复制数字内容的人或传播途径。

为了解决加密认证技术存在的问题,部分 DRM 方案采用数字水印技术。数字水印技术能给某个作品打上内容的拥有者和用户独有的水印,既声明了版权所有,又可以防止用户非法传播和复制。

目前数字水印技术还不太成熟,大多数 DRM 系统仍然采用基于加密认证技术的解决方案,或采用基于加密认证技术和数字水印技术相结合的解决方案。

1. 数字水印

日常生活中为了鉴别纸币的真伪,人们通常将纸币对着光源,会发现真的纸币中有清晰的图像信息显示出来,这就是我们熟悉的"水印"。之所以采用水印技术,是因为水印有其独特的性质：水印是一种几乎不可见的印记，必须放置于特定环境下才能被看到，不影响物品的使用；水印的制作和复制比较复杂，需要特殊的工艺和材料，而且印刷品上的水印很难被去掉。因此水印常被应用于诸如支票、证书、护照和发票等重要印刷品中，长期以来判定印刷品真伪的一个重要手段就是检验它是否包含水印。

随着数字技术和 Internet 的快速发展，数字媒体作品传播的范围和速度突飞猛进，但同时盗版现象也越演越烈。于是保护数字音像产品的版权，维护创作者的合法利益，成为关系文化市场繁荣的重大课题。数字水印技术正是在这个背景下诞生的。

注意

◆ 数字水印技术是指用信号处理的方法在数字化的媒体数据中嵌入隐蔽的标记——水印，来证明数字媒体作品的所有权。

◆ 这种标记通常是不可见的，只有通过专用的检测器或阅读器才能提取。

◆ 它在数字作品的知识产权保护、商品交易中的票据防伪、声像数据的隐藏标识和篡改提示、隐蔽通信及其对抗等领域具有广泛的应用价值。

2．添加水印

可以使用 Word、PDF 等一些常见软件自带的功能实现水印的添加，也可以使用专门的软件添加、检测水印。

【例 6-7】 Word 2003 文件中添加水印。

（1）执行"格式"|"背景"|"水印"命令，出现"水印"对话框，如图 6-43 所示。

（2）选择"文字水印"单选按钮，在"文字"下拉列表框中选择或输入水印文字，并选择合适的"字体"、"尺寸"、"颜色"和"版式"，单击"确定"按钮，文档上会显示出刚刚创建的水印。插入的水印在 Word 文档的"页眉和页脚"层中，默认情况下，水印居中显示。

（3）要改变显示位置，执行"视图"|"页眉和页脚"命令，单击水印，将其选中。执行"格式"|"艺术字"命令，出现图 6-44 所示"设置艺术字格式"对话框。

图 6-43 "水印"对话框

图 6-44 "设置艺术字格式"对话框

（4）单击"版式"选项卡中的"高级"按钮，出现图 6-45 所示"高级版式"对话框。

（5）在"图片位置"选项卡中，通过"水平对齐"和"垂直对齐"选项区域中的选项可以更

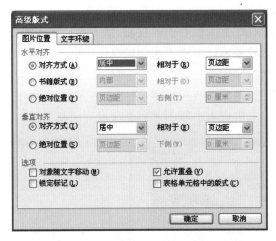

图 6-45 "高级版式"对话框

改水印的位置。

🐶注意

在图 6-43 所示"水印"对话框中选择"图片水印"单选按钮,用类似的方法可以添加图片水印并改变水印的位置。

【例 6-8】 使用 AssureMark 嵌入数字水印。

(1) 运行 AssureMark 软件,在"模式选择"选项区域中选择"嵌入水印"单选按钮,如图 6-46 所示。

图 6-46 AssureMark 程序运行界面

(2) 单击"输入原始图像"文本框右侧的按钮,选择原始图像文件。若此时"水印容量(字节)"文本框中显示为 0,表示图像文件过小,可以使用 ACDSee 的 Resize 功能扩大图像文件以增大水印信息容量。

（3）单击"输出水印图像"文本框右侧的按钮，填入输出水印图像名。

（4）在"输入水印信息"编辑框中输入水印信息内容。

（5）在"密码"文本框中输入密码。

（6）单击"嵌入水印"按钮开始嵌入水印，水印嵌入完毕后，程序显示原始图像和水印图像，如图 6-47 所示。可以看出嵌入水印图像后画质没有明显受损。

(a) 原始图像　　　　　　　　　　　　　　　(b) 水印图像

图 6-47　原始图像和水印图像

【例 6-9】　使用 AssureMark 检测文件中的水印信息。

（1）运行 AssureMark 软件，在"模式选择"选项区域中选择"检测水印"单选按钮。

（2）单击"输入原始图像"文本框右侧的按钮，选择被检测的图像文件。

（3）在"密码"文本框中输入水印的密码，如图 6-48 所示。

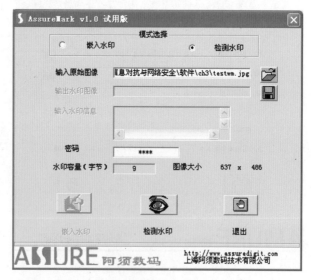

图 6-48　检测水印

（4）单击"检测水印"按钮，水印检测完毕后，程序显示检测结果，如图 6-49 所示。

图 6-49 检测结果

习 题 6

一、填空题

1. 如何构造非常规、非结构化媒体数据的数据模型,并对它们进行_____、_____、_____、_____,是数字媒体管理要解决的核心问题。

2. 数字媒体管理包括_____、_____和_____三种管理方式。

3. 目前,数字版权管理方案大多基于_____或_____两种技术。

4. 设计和建立数字版权管理应遵循的基本原则是_____、_____和_____。

5. 在使用加密认证技术的 DRM 方案中,数字媒体以_____方式进行传播,用户必须通过相应的_____,得到_____后,才能访问_____内容。这些_____可以细化到是否允许用户复制、打印,或用户只能在限制的时间内看到内容。

6. 数字水印技术能给某个作品打上内容的拥有者和用户独有的_____,既声明了_____,又可以防止用户非法_____和_____。

7. 数字水印技术是指用信号处理的方法在_____的媒体数据中嵌入_____的标记——水印,来证明多媒体作品的_____。这种标记通常是_____,只有通过专用的检测器或阅读器才能_____。

二、简答题

1. 模拟内容和数字内容的本质区别主要体现在哪些方面?

2. 什么是 DRM?

3. 为什么说数字媒体比模拟媒体更容易受到保护?

4. 简述设计和建立数字版权管理应遵循的基本原则。

5. 简述加密和身份认证的区别。

6. 加密认证技术的 DRM 方案存在哪些问题?

三、操作题

1. 访问 www.china-drm.com,体验 DRM 解决方案流程。

2. 使用 WinRAR 压缩文件并加密。

3. 实现 Office 文件和 PDF 文件的加密。

4. 使用"多媒体文件加密器"加密视频文件。

5. 申请并使用安全邮件证书。

6. 实现在 Word、PDF 文件中添加水印。

7. 使用 AssureMark 在图像中嵌入数字水印并进行检测。

第7章 数字媒体集成与应用开发技术

学习目标

本章将通过实例介绍如何使用数字媒体创作工具对数字媒体进行集成与交互,制作数字媒体作品。

- 多媒体电子杂志。
- 词汇测试系统。

数字媒体包括文、图、声、像等多种信息,数字媒体集成与应用开发技术着重将这些不同类型的信息有机地结合在一起,实现与用户的交互。

数字媒体创作工具是开发人员进行数字媒体集成与开发的工具,包括基于脚本语言的创作工具 Toolbook,基于流程图的创作工具 Authorware,基于时序的创作工具 Director,基于网络的 HTML 语言、VRML 语言和 XML 语言等,它们提供了不同的编辑方式供开发人员制作优秀的数字媒体作品。

7.1 2010 年上海世博会多媒体电子杂志开发

多媒体电子杂志,又称电子杂志、网络杂志、互动杂志、数字杂志、多媒体杂志,采用先进的 P2P 技术发行,综合了动画、声音、视频、超链接及网络交互等手段,犹如一本在计算机屏幕上展开的杂志,文字、声音与图像相得益彰,内容丰富生动,是传统平面媒体与网络媒体的绝妙结合,被誉为"21 世纪的代表性数字媒体"。

电子杂志起源于 20 世纪 90 年代初的欧美,我国的电子杂志诞生于 21 世纪初,2003 年诞生的 XPLUS、ZCOM 和 POCO 是迄今为止中国电子杂志史上重量级的三个品牌。目前比较流行的电子杂志制作工具有 XPLUS 的 Zinemaker、ZCOM 的 ZMaker、POCO 的 Poco Maker、飞天的 iebook 等。

ZMaker 是以全民制作杂志为目的的电子杂志制作软件,具有强大的电子杂志设计开发功能。借助其丰富的媒体支持、强大的页面编辑功能、丰富的模板、特效资源等优势,可以非常方便地实现"上海世博会"电子杂志的开发。

7.1.1 封面、封底制作

多媒体电子杂志运行时,出现杂志封面,并伴随着背景音乐。翻开封面,进入目录页面供用户选择。当用户选择目录中的某项内容时,则进入相应的内容页面。

【例 7-1】 封面、封底页面制作。

(1) 运行 ZMaker 1.21,程序界面如图 7-1 所示。

(2) 在工具栏中单击"添加"按钮,添加从官方网站下载的大小为 950×650 的"封面.

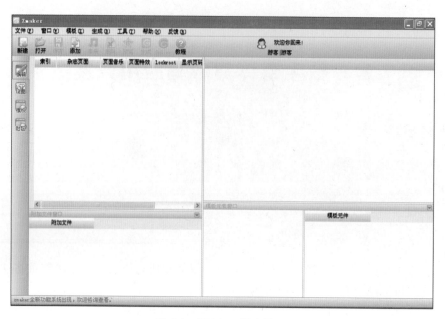

图 7-1　ZMaker 程序界面

zmp"模板文件,如图 7-2 所示。

图 7-2　添加封面模板

💭**注意**

◆ 在 ZMaker 官方网站上可以下载各种模板和特效。

◆ 下载后进行浏览,然后根据需要选择相应的模板。

　　(3) 单击模板右下方"模板元件"中"图片 2"右侧的下拉箭头,如图 7-3 所示。

　　(4) 选择"修改"命令,在弹出的"打开"对话框中选择图片文件"封面.jpg",出现图 7-4 所示的"提示"对话框。

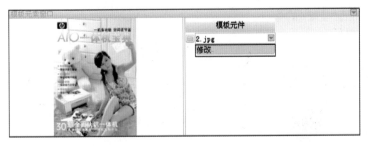

图 7-3　替换图片　　　　　　　　　　　图 7-4　"提示"对话框

（5）单击"确定"按钮，出现"裁剪图片"对话框，如图 7-5 所示。

图 7-5　"裁剪图片"对话框

（6）改变虚线裁剪框的大小和位置，单击"确定"按钮，完成封面图片的替换。

（7）同样方法添加模板文件"封底.zmp"，并替换图片。封面、封底的最终效果如图 7-6 所示。

【例 7-2】　添加背景音乐。

（1）选中封面、封底，单击工具栏上的"音乐"按钮，在弹出的"打开"对话框中选择 MP3 音乐文件，单击"确定"按钮。

（2）单击工具栏中的"预览"按钮，浏览杂志时可以听到背景音乐。

注意

◆ 如果要对多个页面（或对整本杂志）添加相同的背景音乐，只要选中这些页面插入音乐即可。

◆ 如果对整本杂志添加同一首乐曲，该项操作可以放在最后做。

(a) 封面效果图　　　　　　　　　(b) 封底效果图

图 7-6　封面、封底效果图

7.1.2　目录制作

电子杂志的目录可以帮助浏览者迅速找到自己感兴趣的内容,更快捷地进行浏览,其制作过程也是添加模板、修改模板的方式。

【例 7-3】　目录页面制作。

(1) 单击"封面"页面,添加模板文件"目录.zmp"。单击模板元件中最后一个参数右侧的下拉箭头,如图 7-7 所示。

图 7-7　目录模板

（2）选择“修改”命令，出现“编辑模板文本内容”对话框，如图 7-8 所示。

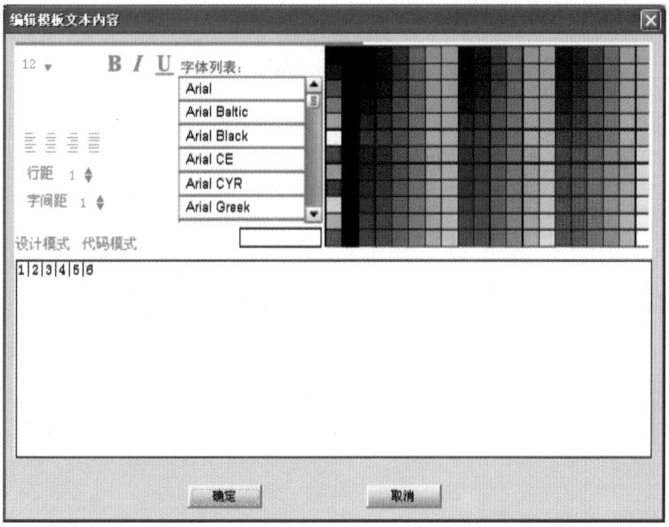
编辑模板文本内容
12
B I U
字体列表：
Arial
Arial Baltic
Arial Black
Arial CE
Arial CYR
Arial Greek
行距 1
字间距 1
设计模式 代码模式
1|2|3|4|5|6
确定
取消

图 7-8　“编辑模板文本内容”对话框

（3）假设第一个目录链接页面“世博概况”在第 3 页出现，则将图 7-8 中参数 1|2|3|4|5|6 中的 1 修改为 3；同样方法修改“规划建设”、“展馆展示”、“市场开发”、“票务运营”和“世博志愿者”页面对应的参数为 19、31、47、59、65。为防止最后一个链接无法实现，需在参数最后面再加一个“|”，如图 7-9 所示。修改完毕后单击“确定”按钮返回主界面。

注意

若开始时无法确定具体页码，也可以在最后修改。

（4）将 lockroot 设置为 false，否则目录链接无法实现，如图 7-10 所示。

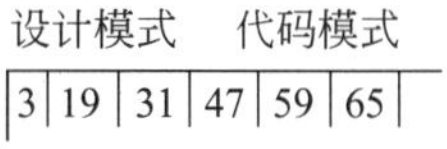
设计模式　代码模式
|3|19|31|47|59|65|

图 7-9　修改目录链接页面对应位置

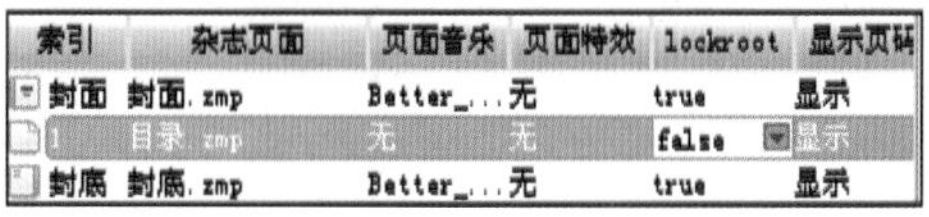
索引 杂志页面 页面音乐 页面特效 lockroot 显示页码
封面 封面.zmp Better_... 无 true 显示
1 目录.zmp 无 无 false 显示
封底 封底.zmp Better_... 无 true 显示

图 7-10　修改 lockroot 属性

（5）在目录页面上单击鼠标右键，从弹出的快捷菜单中选择“设置为目录”命令，将索引标注为“目录”，如图 7-11 所示。

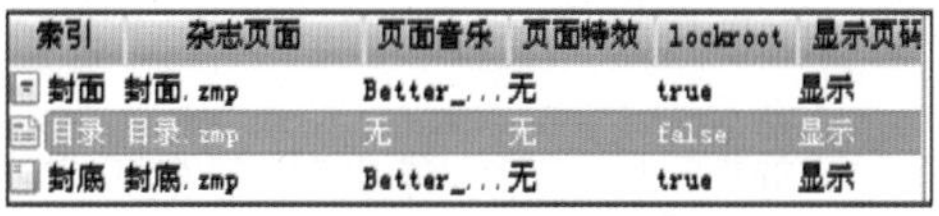
索引 杂志页面 页面音乐 页面特效 lockroot 显示页码
封面 封面.zmp Better_... 无 true 显示
目录 目录.zmp 无 无 false 显示
封底 封底.zmp Better_... 无 true 显示

图 7-11　修改索引属性

（6）给目录页面加上同样的背景音乐。

（7）找到“模板元件”对应“中文标题 1”的“常量”参数，如图 7-12 所示。执行“修改”命令，在出现的“编辑模板文本内容”对话框中将标题修改为“世博概况”。

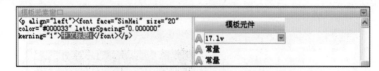

图 7-12　修改标题属性

（8）同样方法将其他中文标题分别改为"规划建设"、"展馆展示"、"市场开发"、"票务运营"和"世博志愿者"。

（9）选择"模板元件"中"图片 1"右侧下拉箭头下的"修改"命令，在弹出的对话框中选择图片文件"东方明珠.jpg"，并调整其大小与位置，如图 7-13 所示。

（10）用同样方法将模板中的其他 4 幅图片分别替换为"横幅 1.jpg"、"横幅 2.jpg"、"横幅 3.jpg"和"横幅 4.jpg"。

（11）在图 7-14 所示"文字说明"所对应的"模板元件"中，选择右侧下拉箭头下的"修改"命令。

图 7-13　调整裁剪图片的大小和位置

图 7-14　修改文字说明模板元件

（12）在弹出的对话框中输入图 7-15 所示的文字，并可通过代码模式改变文字字体、大小等属性。

（13）找到"中文标题 1"（即"世博概况"）下方的"模板元件"，如图 7-16 所示，其对应的是目录页数。

（14）选择右侧下拉箭头下的"修改"命令，弹出"编辑模板文本内容"对话框，切换到"代码模式"，修改其页码数为"003"，如图 7-17 所示。

（15）用相同方法修改其他目录所对应的页码数。

 注意

　　上述页码数与第（3）步中的相同。

图 7-15　输入文字

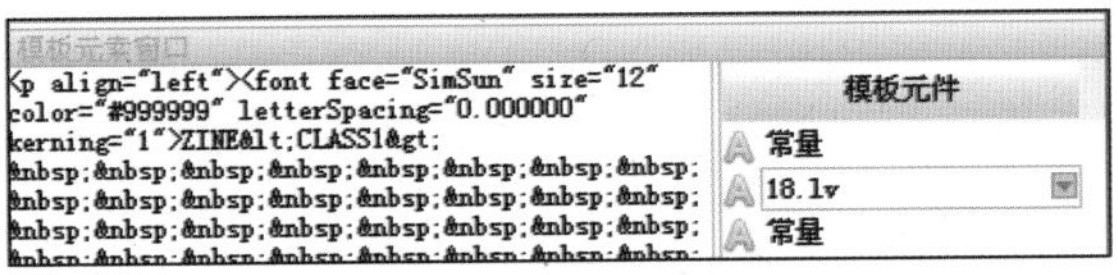

图 7-16　目录页数对应的模板元件

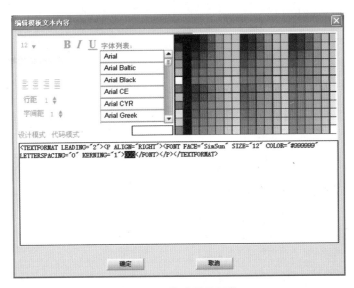

图 7-17　修改目录页数

（16）找到"模板元件"对应"版本和日期"的"常量"参数，如图 7-18 所示。

（17）执行"修改"命令，弹出"编辑模板文本内容"对话框，切换到代码模式，将日期修改为"2010/05/01"，版本 Vol.001 保持不变，如图 7-19 所示。

（18）单击"预览"按钮，效果如图 7-20 所示，其中横幅中的 4 幅图片循环播放。

图 7-18　"版本和日期"对应模板元件

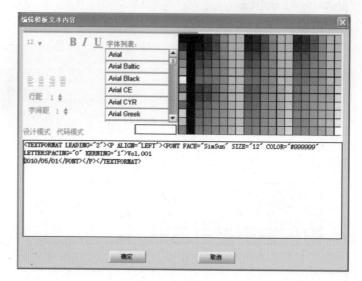

图 7-19　修改日期

图 7-20　目录效果图

7.1.3 正文制作

正文的制作方法与目录的制作基本相同,包括添加模板、修改模板等过程,为了更好地表达效果,还可以在图片上添加文字,在页面上添加音乐、视频和特效。

【例7-4】 修改正文模板内容。

(1) 单击"目录"页面,添加模板文件"01 大灭绝来临.zmp",模板中的图片和文字如图 7-21 所示。

图 7-21 模板中的图片和文字

(2) 将模板元件中的图片用"全景.jpg"替换;修改各常量参数,在代码模式下将第 1 个常量参数中的文字更改为"概况",删除第 2 个常量参数中的文字。

(3) 第 3 个常量参数代码更换如下:

```
<TEXTFORMAT LEADING="2"><P ALIGN="LEFT"><FONT FACE="宋体_12pt_st" SIZE="12" COLOR=
"#B5BAB3" LETTERSPACING="0" KERNING="1">时 间: 2010 年 5 月 1 日至 10 月 31 日 </FONT></P>
</TEXTFORMAT><TEXTFORMAT LEADING="2"><P ALIGN="LEFT"><FONT FACE="宋体_12pt_st"
SIZE="12" COLOR="#B5BAB3" LETTERSPACING="0" KERNING="1">地 点: 上海市中心黄浦江两
岸,南浦大桥和卢浦大桥之间的滨江地区</FONT></P></TEXTFORMAT>
```

(4) 第 4 个常量参数代码更换如下:

```
<TEXTFORMAT LEADING="2"><P ALIGN="LEFT"><FONT FACE="黑体" SIZE="14" COLOR="#FFF100"
LETTERSPACING="0" KERNING="1"><B>主 题: 城市,让生活更美好 </B></FONT></P></TEXTFORMAT>
<TEXTFORMAT LEADING="2"><P ALIGN="LEFT"><FONT FACE="黑体" SIZE="14" COLOR="#FFF100"
LETTERSPACING="0" KERNING="1"><B>副主题: 城市多元文化的融合 城市经济的繁荣</B></FONT>
</P></TEXTFORMAT><TEXTFORMAT LEADING="2"><P ALIGN="LEFT"><FONT FACE="黑体" SIZE="14"
COLOR="#FFF100" LETTERSPACING="0" KERNING="1"><B> 城市科技的创新 城市社区的重塑</B>
</FONT></P></TEXTFORMAT><TEXTFORMAT LEADING="2"><P ALIGN="LEFT">
<FONT FACE="黑体" SIZE="14" COLOR="#FFF100" LETTERSPACING="0" KERNING="1"><B> 城市和乡
村的互动 </B></FONT></P></TEXTFORMAT><TEXTFORMAT LEADING="2"><P ALIGN="LEFT">
<FONT FACE="黑体" SIZE="14" COLOR="#FFF100" LETTERSPACING="0" KERNING="1"><B>目 标: 吸引
```

200 个国家和国际组织参展,7000 万人次的参观者</B></FONT></P></TEXTFORMAT>

（5）将第 5、6、7 三个常量参数中的文字分别更改为"2010 上海世博会概况"、"世博概况"和"上海世博会"。更改后的效果如图 7-22 所示。

图 7-22　修改后模板中的图片和文字

【例 7-5】　添加特效、视频。

（1）单击"编辑页面"按钮,出现"编辑特效页面"对话框,对话框中的工具按钮如图 7-23 所示。

图 7-23　"编辑特效页面"对话框中的工具按钮

（2）单击"添加特效"按钮,在"打开"对话框中打开"流星.swf"文件,在页面中看到流星效果。

（3）单击"添加视频"按钮,在"打开"对话框中选择 FLV 文件。播放时可以进行暂停控制,如图 7-24 所示。

图 7-24　控制播放视频

7.1.4　杂志发布

杂志设计完成后,要脱离 ZMaker 开发环境,在 Windows 下独立运行,必须打包成.exe 文件。

【例 7-6】 杂志发布。

（1）单击工具栏上的"设置"按钮,出现"Zmaker 提示"对话框,如图 7-25 所示。

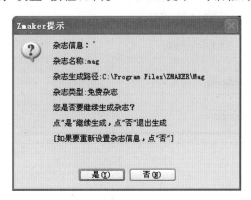

图 7-25　"Zmaker 提示"对话框

（2）单击"否"按钮,重新设置杂志信息,在"常规设置"选项卡中修改"生成路径"、"杂志名称"等选项,如图 7-26 所示。

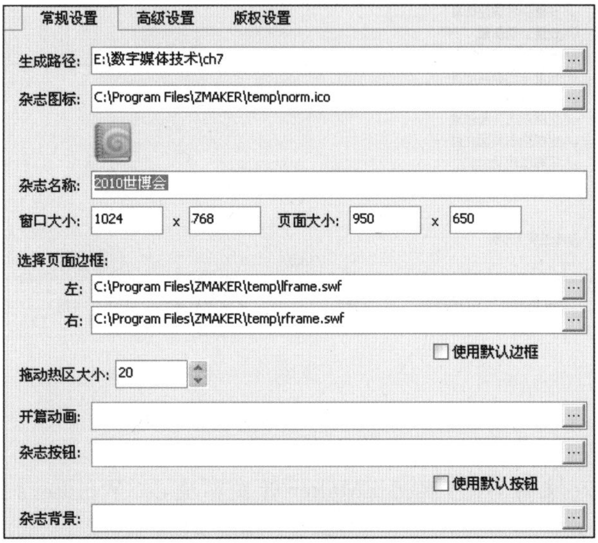

图 7-26　常规设置

（3）根据需要,还可以更改"高级设置"或"版权设置"中的选项,如杂志描述、产品名称、是否对杂志加密等,如图 7-27 所示。

（4）设置完成后再次单击工具栏上的"生成"按钮,在出现的"Zmaker 提示"对话框中单击"是"按钮,系统自动生成.exe 文件,如图 7-28 所示。

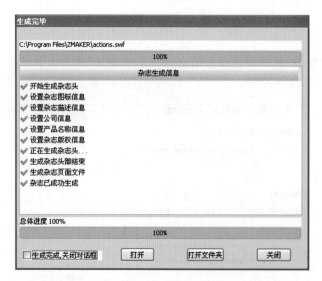

图 7-27　版权设置

图 7-28　生成 .exe 文件

 注意

执行生成的 .exe 文件，即可脱离 ZMaker 开发环境，在 Windows 下独立运行。

7.2　基于 Authorware 的雅思词汇测试系统开发

Authorware 是基于图标和流程线的数字媒体制作工具，程序界面如图 7-29 所示。

界面左侧是图标工具栏，它们是 Authorware 最核心的部分。通过显示、移动、数字电影和声音等图标可以将文本、图像、声音、动画、视频等各种数字媒体元素有效地集成在一起，通过擦除、等待、导航、框架、判断和交互等图标可以使程序具有友好的、灵活的人机交互

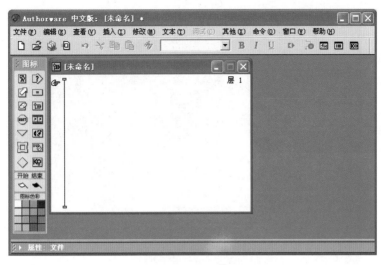

图 7-29　Authorware 程序界面

界面。

界面中间是程序流程设计窗口,窗口左侧的一条贯穿上下、被两个小矩形框封闭的直线称为流程线。流程线上下两端的两个小矩形是程序的开始点和结束点,分别表示程序的开始和结束;流程线左侧的一只小手称为粘贴指针,指示下一步设计图标在流程线上的位置。

使用 Authorware 开发数字媒体项目不需要编写大段的程序代码,编程的主要工作是将图标拖放到流程线上,然后在界面下方的属性面板中设置图标的功能属性,不同内容的出现、交互功能的实现等都通过流程线控制。程序执行时,沿流程线依次执行各个设计图标。

💬 注意

这种流程图方式的创作方法符合人的认知规律,反映程序执行的先后次序,使不懂程序设计的人也能轻松地开发出漂亮的数字媒体程序。

基于 Authorware 的雅思词汇测试系统运行后的主界面如图 7-30 所示,通过 ON、OFF 开关可以控制背景音乐的播放。

7.2.1　主界面设计

程序主界面结构流程如图 7-31 所示,通过“显示”图标引入背景图片,通过“声音”图标引入背景音乐,通过“交互”图标、“群组”图标等实现选择功能。

【例 7-7】　主界面设计。

(1) 执行“修改”|“文件”|“属性”命令,在打开的“属性:文件”对话框中选择演示窗口大小为“640×480(VGA,Mac13")”,选中“显示标题栏”和“屏幕居中”复选框,如图 7-32 所示。

(2) 执行“文件”|“导入和导出”|“导入媒体”命令,在打开的“导入哪个文件?”对话框中选择图像文件“初始界面.jpg”,单击“导入”按钮,在流程线上自动添加显示图标“初始界面.jpg”。双击显示图标,可以看到主界面如图 7-30 所示。

图 7-30　雅思词汇测试系统主界面

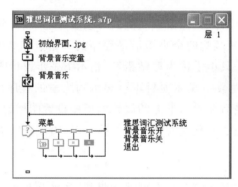

图 7-31　主界面结构流程图

图 7-32　修改演示窗口属性

💬注意

◆ 程序中所有的背景图像均使用 Photoshop CS4 进行处理。

◆ 窗口大小等运行环境设置的目的是为了与导入的图像相匹配。

（3）在显示图标后添加一个计算图标 = ，将其命名为"背景音乐变量"。双击该图标，在弹出的"背景音乐变量"对话框中输入变量初始值"music＝1"，如图 7-33 所示。单击"关闭"按钮，出现确认对话框，如图 7-34 所示。单击"是"按钮，出现"新建变量"对话框，如图 7-35 所示。单击"确定"按钮，关闭对话框。

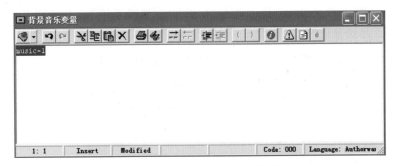

图 7-33　"背景音乐变量"对话框

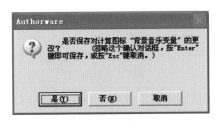

图 7-34　确认对话框

图 7-35　"新建变量"对话框

（4）在计算图标后添加一个声音图标，将其命名为"背景音乐"。双击该图标，出现"属性：声音图标"面板。单击"导入"按钮，导入背景音乐文件 song.mp3。选择"计时"选项卡，选择"执行方式"为"永久"，"播放"为"直到为真"，在"播放"下拉列表框下方的文本框中输入"music＝0"，在"开始"文本框中输入"music＝1"，如图 7-36 所示。

图 7-36　设置声音属性

注意

由于在步骤(3)中将变量 music 设为 1，此时在声音属性面板中将"开始"条件设为music＝1，意味着程序执行时立即播放背景音乐。

声音属性面板中将"执行条件"设为"永久"表示一直播放，直到条件 music＝0 得到满足，才停止播放背景音乐。

（5）在计算图标后添加一个交互图标 ，将其命名为"菜单"。

（6）将群组图标 📖 拖到交互图标的右侧，在打开的"交互类型"对话框中选择"热区域"单选按钮，如图 7-37 所示，将其命名为"雅思词汇测试系统"。再分别添加三个计算图标，分别命名为"背景音乐开"、"背景音乐关"和"退出"。

图 7-37　"交互类型"对话框

😃 注意

- ◆ Authorware 的交互图标提供了 11 种交互响应类型，每一种交互响应类型都能够实现一种独特的交互功能。
- ◆ 热区域表现为一个矩形的虚线框，优点在于保持画面的整体统一。
- ◆ 程序运行时，当用户单击该热区域，Authorware 将自动执行附在热区域中的程序。

（7）双击计算图标"背景音乐开"，在弹出的对话框中输入代码"music＝1"；双击计算图标"背景音乐关"，在弹出的对话框中输入代码"music＝0"；双击计算图标"退出"，在弹出的对话框中输入代码"Quit()"。

（8）双击显示图标"初始界面"，按下 Shift 键的同时双击交互图标"菜单"，同时显示背景图片和热区域，如图 7-38 所示。

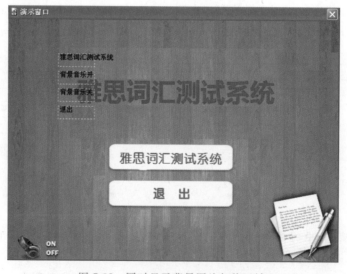

图 7-38　同时显示背景图片与热区域

（9）将各个热区域分别拖到相应位置并调整它们的大小，如图 7-39 所示。

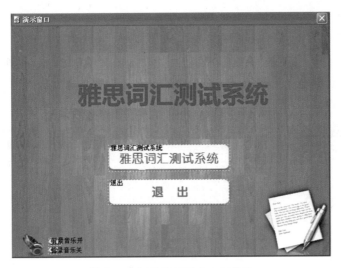

图 7-39　调整热区域大小与位置

🗨 注意

◆ 运行程序，自动播放背景音乐。

◆ 单击图片中的 OFF 区域，停止播放音乐；单击 ON 区域，播放音乐；单击"退出"按钮，关闭程序窗口。

◆ 单击"雅思词汇测试系统"按钮，程序没有任何反应，这是由于相应程序尚未编写。

（10）执行"文件"|"另存为"命令，将文件保存为"雅思词汇测试系统.a7p"。

7.2.2　测试界面设计

在主界面中单击"雅思词汇测试系统"按钮，进入测试界面。选择答案后单击"提交"按钮，系统给出是否正确的信息，如图 7-40 所示。

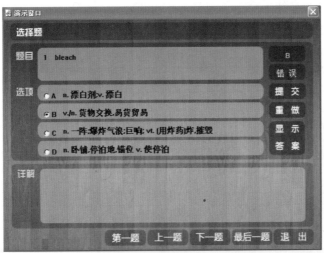

图 7-40　测试界面

【例 7-8】 测试界面设计。

（1）在流程线中双击群组图标"雅思词汇测试系统"，进入第 2 层。

（2）将擦除图标  拖到流程线上，将其命名为"清屏"。双击图标，在弹出的演示窗口中显示上一层的对象，单击上一层的所有对象将它们擦除。也可以在同时弹出的"属性：擦除图标"对话框中进行修改，如图 7-41 所示。

图 7-41　擦除上一层的所有对象

注意

　　Authorware 显示下一层时，默认显示上一层的对象，如果不需要的话，必须将它们逐个擦除。

（3）添加计算图标，将其命名为"关闭背景音乐"。双击图标，输入代码"music：＝0"。

（4）执行"文件"|"导入和导出"|"导入媒体"命令，导入 choice.jpg 文件，在流程线上自动添加显示图标。

7.2.3　抽题功能设计

　　进入测试界面后，系统将随机从题库中抽取 50 道选择题进行测试，抽题功能通过调用 Access 数据库实现。

【例 7-9】 创建数据库。

（1）运行 Access，新建空数据库 database.mdb。

（2）使用设计器创建表 choice，表格的字段名、类型和定义如表 7-1 所示。

表 7-1　数据表 choice

字段名	数据类型	字段定义
Sn	数字	题目编号
Question	文本	题目内容
A	文本	选项 A
B	文本	选项 B
C	文本	选项 C
D	文本	选项 D
Answer	文本	选择题答案
Explain	文本	答案详解

(3) 双击表,输入记录,如图 7-42 所示。

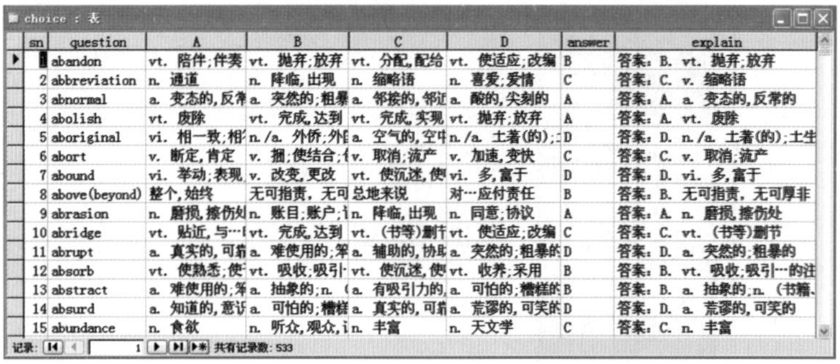

choice : 表

sn	question	A	B	C	D	answer	explain
1	abandon	vt. 陪伴;伴奏	vt. 抛弃;放弃	vt. 分配,配给	vt. 使适应;改编	B	答案: B. vt. 抛弃;放弃
2	abbreviation	n. 通道	n. 降临,出现	n. 缩略语	n. 喜爱;爱情	C	答案: C. v. 缩略语
3	abnormal	a. 变态的,反常	a. 突然的;粗暴	a. 邻接的,邻近	a. 酸的,尖刻的	A	答案: A. a. 变态的,反常的
4	abolish	vt. 废除	vt. 完成,达到	vt. 完成,实现	vt. 抛弃;放弃	A	答案: A. vt. 废除
5	aboriginal	vi. 相一致;相	n./a. 外侨;外	a. 空气的,空中	n./a. 土著(的);	D	答案: D. n./a. 土著(的);土生
6	abort	v. 断定,肯定	v. 捆;使结合;	v. 取消;流产	v. 加速,变快	C	答案: C. v. 取消;流产
7	abound	vi. 举动;表现	v. 改变,更改	vt. 使沉迷,使	vi. 多,富于	D	答案: D. vi. 多,富于
8	above(beyond)	整个,始终	无可指责, 无可	总地来说	对…应付责任	B	答案: B. 无可指责, 无可厚非
9	abrasion	n. 磨损,擦伤处	n. 账目;账户;i	n. 降临,出现	n. 同意;协议	A	答案: A. n. 磨损,擦伤处
10	abridge	vt. 贴近,与…	vt. 完成,达到	vt. (书等)删节	vt. 使适应;改编	C	答案: C. vt. (书等)删节
11	abrupt	a. 真实的,可靠	a. 难使用的;笨	a. 辅助的,协助	a. 突然的;粗暴的	D	答案: D. a. 突然的;粗暴的
12	absorb	vt. 使熟悉;使	vt. 吸收;吸引	vt. 使沉迷,使	vt. 收养;采用	B	答案: B. vt. 吸收;吸引…的注
13	abstract	a. 难使用的;笨	a. 抽象的;n. (	a. 有吸引力的,	a. 可怕的;糟糕的	B	答案: B. a. 抽象的;n. (书籍、
14	absurd	a. 知道的,意识	a. 可怕的;糟糕	a. 真实的,可靠	a. 荒谬的,可笑的	D	答案: D. a. 荒谬的,可笑的
15	abundance	n. 食欲	n. 听众,观众,i	n. 丰富	n. 天文学	C	答案: C. n. 丰富

记录: 1 共有记录数: 533

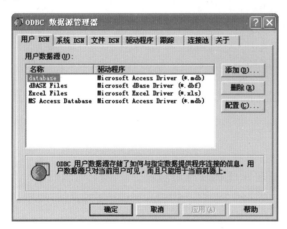

图 7-42 数据表中的记录

注意

数据库创建后,必须进行 ODBC 配置,才能在程序中正常调用。

【例 7-10】 配置数据库。

(1) 选择"控制面板"|"管理工具"|"ODBC 数据源"命令,打开"ODBC 数据源管理器"对话框,如图 7-43 所示。

图 7-43 "ODBC 数据源管理器"对话框

(2) 在"用户 DNS"选项卡中单击"添加"按钮,在打开的"创建新数据源"对话框中选择 Microsoft Access Driver (*.mdb)选项,如图 7-44 所示。

(3) 单击"完成"按钮,在打开的"ODBC Microsoft Access 安装"对话框中的"数据源名"文本框中输入"database"。单击"选择"按钮,选择数据库 database.mdb,如图 7-45 所示。

(4) 单击"确定"按钮,完成数据源配置。

注意

在 Authorware 中操作数据库,必须具备两个条件:

- 所连接数据库的 ODBC 驱动程序;
- ODBC 用户代码文件,即需要调用外部的 UCD 函数(odbc.u32 和 tmsdsn.u32)。

图 7-44 "创建新数据源"对话框

图 7-45 选择数据库

💬 注意

　　抽题功能实现从数据库随机抽题的功能。

【例 7-11】 抽题。

（1）在显示图标 choice.jpg 后添加群组图标，命名为"抽题"。

（2）双击"抽题"图标，打开第 3 层。在流程线上添加 6 个计算图标，如图 7-46 所示。

（3）双击"创建数据源"计算图标，输入代码如下：

```
dbReqType:="Microsoft Access Driver (* .mdb)"
dbList:="DSN=database;"
dbList:=dbList^"FIL=MS Access;"
dbList:=dbList^"DBQ="^"E:\数字媒体技术\ch7\雅思词汇测试系统\database\database.mdb"
```

💬 注意

　　◆ "创建数据源"计算图标的功能是连接数据库。

　　◆ 数据库的具体位置根据实际情况书写。

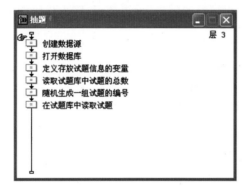

图 7-46 "抽题"流程结构图

（4）双击"打开数据库"计算图标，输入代码如下：

```
DatabaseName:="database"
ODBCError:=""
ODBChandle:=ODBCOpen(WindowHandle,ODBCError,DatabaseName,"","")
```

💬 注意

　◆ 当关闭上述计算图标时，会出现对话框，需要指定 ODBCOpen 函数对应的文件 odbc.u32 的位置。

　◆ 下面的 ODBCExecute 函数也需要该文件。

（5）双击"定义存放试题信息的变量"计算图标，输入代码如下：

```
bianhao:=Array(0,50)
tigan:=Array("",50)
a:=Array("",50)
b:=Array("",50)
c:=Array("",50)
d:=Array("",50)
answer:=Array("",50)
explain:=Array("",50)
```

💬 注意

　◆ 8 个变量分别对应于数据表 choice 中的 8 个字段。

　◆ 数组中的 50 表示每次从数据库中抽取 50 道题目。

（6）双击"读取试题库中的试题总数"计算图标，输入代码如下：

```
SQLString:="select count(*) from choice"
Total:=ODBCExecute(ODBChandle,SQLString)
```

💬 注意

　使用 SQL 语句将表中的记录数（试题总数）读到 Total 变量中。

（7）双击"随机生成一组试题的编号"计算图标，输入代码如下：

```
bianhao[1]:=Random(1,Total,1)
i:=2
j:=1
repeat while i<=50
temp:=Random(1,Total,1)
repeat while j<i
    if  temp<>bianhao[j] then
        j:=j+1
    else
        temp:=Random(1,Total,1)
        j:=1
        i:=2
    end if
end repeat
bianhao[i]:=temp
i:=i+1
j:=1
end repeat
```

注意

使用 Random 函数产生第一道试题的编号，然后使用循环语句产生 50 道试题的编号。

（8）双击"在试题库中读试题"计算图标，输入代码如下：

```
i:=1
repeat while i<=50
SQLString:="select distinct question from choice where choice.sn="^bianhao[i]
tigan[i]:=ODBCExecute(ODBChandle,SQLString)
SQLString:="select distinct a from choice where choice.sn="^bianhao[i]
a[i]:=ODBCExecute(ODBChandle,SQLString)
SQLString:="select distinct b from choice where choice.sn="^bianhao[i]
b[i]:=ODBCExecute(ODBChandle,SQLString)
SQLString:="select distinct c from choice where choice.sn="^bianhao[i]
c[i]:=ODBCExecute(ODBChandle,SQLString)
SQLString:="select distinct d from choice where choice.sn="^bianhao[i]
d[i]:=ODBCExecute(ODBChandle,SQLString)
SQLString:="select distinct answer from choice where choice.sn="^bianhao[i]
answer[i]:=ODBCExecute(ODBChandle,SQLString)
SQLString:="select distinct explain from choice where choice.sn="^bianhao[i]
explain[i]:=ODBCExecute(ODBChandle,SQLString)
i:=i+1
end repeat
```

注意

根据编号抽取 50 道试题,保存在相应的变量中。

7.2.4　出题功能设计

出题功能将抽取的题目在测试界面中显示,用户选择答案后,系统将用户的选择与标准答案进行比较,判断用户的选择是否正确。

【例 7-12】　出题。

(1) 在"抽题"图标后添加群组图标,命名为"出题"。至此,第 2 层流程结构如图 7-47 所示。

(2) 双击"出题"图标,打开第 3 层。在流程线上添加 2 个计算图标、7 个显示图标和 1 个交互图标,将第 2 层的 choice.jpg 显示图标复制,并改名为"选择题背景",各个图标的名称和顺序如图 7-48 所示。

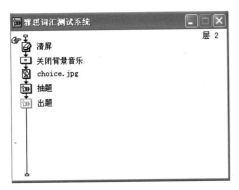

图 7-47　第 2 层流程结构图

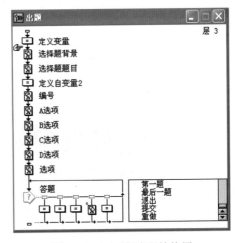

图 7-48　"出题"流程结构图

(3) 将 1 个计算图标拖到交互图标右侧,在打开的"交互类型"对话框中选择"热区域"单选按钮。再拖入 5 个计算图标和 2 个显示图标。将 6 个计算图标分别命名为"第一题"、"上一题"、"下一题"、"最后一题"、"退出"和"重做",将 2 个显示图标分别命名为"提交"和"显示答案"。

(4) 将计算图标拖到"第一题"的左侧,在打开的"交互类型"对话框中选择"按钮"单选按钮。在其后拖入三个计算图标。将 4 个计算图标分别命名为"A"、"B"、"C"、"D"。

(5) 双击计算图标"A"上方的响应类型标识符 ⎕·,出现"属性:交互图标"面板,如图 7-49 所示。

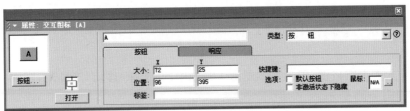

图 7-49　"属性:交互图标"面板

（6）单击面板中左下方的"按钮"按钮，出现"按钮"对话框，选择"标准 Windows 收音机按钮系统"单选按钮，如图 7-50 所示，单击"确定"按钮。按同样方法修改"B"、"C"、"D"。

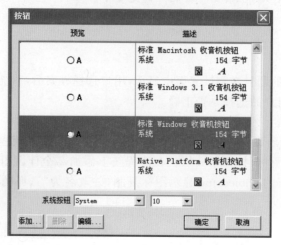

图 7-50 "按钮"对话框

（7）双击显示图标"选择题背景"，在演示窗口中出现背景图片。按下 Shift 键的同时双击"答题"交互图标，在背景图片上叠加热区域和按钮对象，如图 7-51 所示。

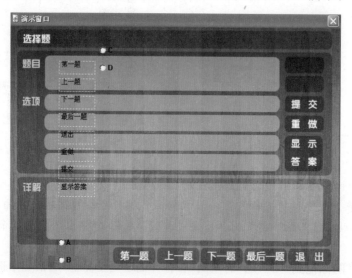

图 7-51 同时显示背景图片和对象

（8）调整各个对象的位置和大小，使之与背景图片协调，如图 7-52 所示。

（9）按下 Shift 键的同时双击显示图标"编号"，单击文本图形工具箱中的"文本"工具 **A**，选择"透明"模式 ，在图 7-52 所示的"题目"框中单击鼠标，进入文本编辑状态，如图 7-53 所示。

（10）输入若干空格键，单击文本图形工具箱中的"选择/移动"工具 ，调整文本框的大小和位置，如图 7-54 所示。

（11）用同样方法将显示图标"选择题题目"定位在"编号"的右侧，将显示图标 A～D 分

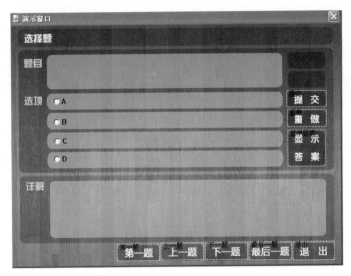

图 7-52　调整对象与背景图片协调

图 7-53　文本编辑状态

图 7-54　调整文本框

别定位在对应按钮的右侧,将显示图标"选项"定位在"提交"按钮的最上方(图 7-40 中显示答案 B 的位置),将显示图标"显示答案"定位在"详解"中,将显示图标"提交"定位在图 7-55所示的"提交"按钮上方及"详解"中。

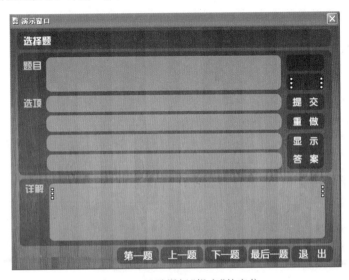

图 7-55　显示图标"提交"的定位

（12）双击计算图标"定义变量"，输入代码如下：

```
i:=1
```

（13）双击计算图标"定义变量 2"，输入代码如下：

```
da:=""
score:=""
rightda:=""
```

（14）双击计算图标"A"，输入代码如下：

```
da:="A"
Checked@ "A":=TRUE
Checked@ "B":=FALSE
Checked@ "C":=FALSE
Checked@ "D":=FALSE
```

（15）双击计算图标"B"，输入代码如下：

```
da:="B"
Checked@ "A":=FALSE
Checked@ "B":=TRUE
Checked@ "C":=FALSE
Checked@ "D":=FALSE
```

（16）双击计算图标"C"，输入代码如下：

```
da:="C"
Checked@ "A":=FALSE
Checked@ "B":=FALSE
Checked@ "C":=TRUE
Checked@ "D":=FALSE
```

（17）双击计算图标"D"，输入代码如下：

```
da:="D"
Checked@ "A":=FALSE
Checked@ "B":=FALSE
Checked@ "C":=FALSE
Checked@ "D":=TRUE
```

（18）双击计算图标"第一题"，输入代码如下：

```
i:=1
Checked@ "A":=""
Checked@ "B":=""
Checked@ "C":=""
Checked@ "D":=""
GoTo(IconID@ "选择题背景")
```

注意

- 单击"第一题"按钮，转到随机抽题的第一题。
- 将测试界面上前一次做题的 A～D 选项清空。
- 转到"选择题背景"，执行"定义自变量 2"，即将测试界面上三个变量 da、score 和 rightda 所对应位置中的内容清空。

（19）双击计算图标"上一题"，输入代码如下：

```
i:=i-1
Checked@ "A":=""
Checked@ "B":=""
Checked@ "C":=""
Checked@ "D":=""
GoTo(IconID@ "选择题背景")
```

（20）双击计算图标"下一题"，输入代码如下：

```
i:=i+1
Checked@ "A":=""
Checked@ "B":=""
Checked@ "C":=""
Checked@ "D":=""
GoTo(IconID@ "选择题背景")
```

（21）双击计算图标"最后一题"，输入代码如下：

```
i:=50
Checked@ "A":=""
Checked@ "B":=""
Checked@ "C":=""
Checked@ "D":=""
```

```
GoTo(IconID@ "选择题背景")
```

(22) 双击计算图标"退出",在出现的"退出"对话框中单击 Insert Message Box 按钮 ⚠,出现 Insert Message Box 对话框,如图 7-56 所示。在 Message 文本框中输入"感谢使用本软件,请多提宝贵意见。",在 Message Box Type 选项区域中选择 Information 单选按钮,单击 OK 按钮。其对应的程序代码为"SystemMessageBox(WindowHandle,"感谢使用本软件,请多提宝贵意见。","Information",64)——1＝OK"。在该语句的下面输入程序代码"Quit()"。运行程序,在测试界面中单击"退出"按钮,出现图 7-57 所示的信息框,单击"确定"按钮退出程序。

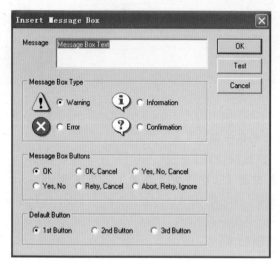

图 7-56　Insert Message Box 对话框

图 7-57　信息框

🗨 **注意**

> MessageBox 函数需要指定对应文件 Winapi.u32 的位置。

(23) 双击计算图标"重做",输入代码如下:

```
da:=""
Checked@ "A":=FALSE
Checked@ "B":=FALSE
Checked@ "C":=FALSE
Checked@ "D":=FALSE
GoTo(IconID@ "选择题背景")
```

(24) 右击显示图标"提交",执行"计算"命令,在出现的"提交"对话框中输入代码如下:

```
if da=answer[i] then
    score:="正　确"
    rightda:=explain[i]
else
    score:="错　误"
```

```
end if
```

注意

◆ 系统将用户输入的答案与数据库中的标准答案比较。

◆ 相同显示"正确",不同显示"错误"。

7.2.5 发布

上面所编写的程序只能在 Authorware 环境下运行,为了脱离 Authorware 环境单独运行,需要将程序中用到的 Authorware 系统函数、通过链接方式调用的外部素材文件、为各种媒体提供支持的 Xtras 文件进行发布。

【例 7-13】 发布。

(1) 执行"文件"|"发布"|"发布设置"命令,出现 One Button Publishing 对话框,选中 Publish For CD, LAN, Local HDD 选项区域中的所有复选框,取消对 Publish For Web 选项区域中复选框的勾选,如图 7-58 所示。

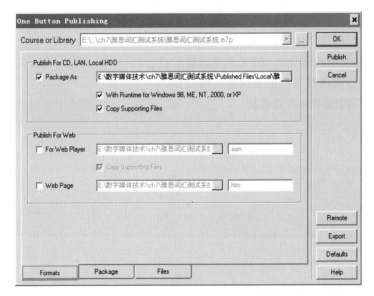

图 7-58 One Button Publishing 对话框

(2) 单击 Publish 按钮,发布完成后出现图 7-59 所示的信息框。

图 7-59 发布完成信息框

(3) 单击 OK 按钮。双击 Published Files\ Local 文件夹下的"雅思词汇测试系统.exe"文件,可脱离 Authorware 平台独立运行。

习　题　7

一、填空题

1. 数字媒体集成与应用开发技术将文、图、声、像等多种信息有机地_____在一起，实现与用户的_____。数字媒体_____工具用于进行数字媒体的集成与开发。

2. 电子杂志制作的基本步骤是添加_____、修改_____，为了更好地表达效果，还可以在_____上添加音乐、视频和特效。

3. Authorware 最核心的部分是_____工具栏，通过它们，可以将各种数字媒体元素有效地_____在一起，并使程序具有友好的、灵活的_____界面。

4. 使用 Authorware 编程的主要工作是将图标拖放到_____上，然后设置图标的_____。

二、简答题

1. 简述数字媒体创作工具的类型。

2. 什么是多媒体电子杂志？

三、操作题

1. 收集素材，制作 2010 年上海世博会电子杂志。

2. 制作一份求职电子杂志，图文并茂地展示自己。

3. 仿照实例，实现雅思词汇测试系统的制作。

4. 自行制作四级单词测试系统。